테라리움

테라리움

이아람 장편소설

TERRARIUM

차례

1부

새로운 세상에는 새로운 방식이 필요하다. 소년은 자신이 그 말을 어디에서 들었는지, 혹은 보았는지 궁금했다. 벙커의 서재에 꽂힌 책에서였을까, 오래된 영화에서였을까, 아니면 어머니가 수업 때 지나가듯 한 말이었을까. 매일 저녁 어머니는 부엌 식탁에 소년과 마주 앉아 당신이 구세계에 대해 알던 모든 것을 가르쳐주었다. 철학과 문학, 수학과 천문학을.

그러나 지금에 와서 소년에게 중요한 것은 그 말을 어디에서 들었는지가 아니었다. 비유인지 아닌지도 그다지 중요하지 않았다. 중요한 것은 그 말이 진실이라는 것이다.

지난겨울, 소년이 긴 열병에 시달리는 동안 어머니는 벙커를 떠났다. 한마디 말도, 설명도 없었다. 겨울이 끝나고 정신을 차린 소년은 텅 빈 벙커에 홀로 남은 자신을 발견했다. 소년은 어머니가 돌아오길 기다리며 반년을 보냈다. 어머니가 돌아오지 않을 거라는 사실을 인정하는 데 꼭 그만큼의 시간이 더 걸렸다.

어머니의 나이는 쉰이 훌쩍 넘었지만 그보다 젊어 보였다. 회색으로 물든 부드러운 곱슬머리가 아니었다면 마흔이라고 해도 믿었을 것이다. 소년은 가끔 어머니를 옛날 영화에 나오는 중년 배우들과 겹쳐 보았다. 그들은 닮아 있었다. 생김새뿐만 아니라 기품 있는 태도, 여유로운 말투 같은 것이.

반면 소년은 어머니와 그리 닮지 않았다. 유일하게 비슷한 것은 창백한 피부였다. 어머니는 벙커가 지하에 있기 때문이라고 설명했다. 둘은 그곳에서 10여 년을 거주했다. 자외선에 노출되지 않은 그들의 피부는 종이처럼 창백하고 투명했으며 주름이 적었다. 매일 저녁 어머니는 소년에게 비타민D를 한 알 먹였다.

멸망 이후 줄곧 벙커에서 지낸 소년에게 어머니는 아주 큰 존재였다. 그는 소년의 유일한 가족이었다. 선생님이자 친구였고 소년이 아는 유일한 타인이었다. 그는 소년의 세계였다. 따라서 어머니의 부재는 세상의 격변을 의미했다.

외로움은 부차적인 문제였다. 심지어 슬픔조차 사소했다. 어머니는 벙커를 관리할 수 있는 유일한 기술자이기도 했다. 소년은 벙커의 메인 발전기를 관리하는 법을 몰랐다. 수경 재배실의 영양액 농도를 맞추는 방법도, 고장 난 인공 태양광을 수리하는 법도 몰랐다. 최하층에 자리한 위험한 기계들에 대해서는 그 존재조차 거의 몰랐다.

그러니 그 말을 기억해야 했다. 새로운 세상에는 새로운 방식이 필요하다. 소년은 세상이 변화를 겪을 때 아무것도 하지 않고 주저앉아 있으면 살아남을 수 없다는 것을 알고 있었다. 구세계가 멸망할 때 많은 이들이 그런 식으로 죽었다고 했다. 소년은 어릴 때 어머니의 손을 잡고 벙커에 들어오며 한 번의 변화를 겪었다. 이제 손을 잡아끌어줄 어머니는 없었다. 스스로 바뀌어야 했다. 그것이 비록 오래전 모래성처럼 무너진 문명의 폐허로 걸어 들어가는 일이라고 할지라도.

소년은 한때 고속도로였던 높은 길을 따라 걸었다. 사방이 푸르렀다. 식물들은 새로운 세상에 잘 적응하고 있었다. 갈라진 아스팔트 틈에는 쇠비름을 비롯한 잡풀이 무성히 자랐고 길가에는 강아지풀이 한가롭게 흔들렸다. 드문드문 보이는 은행나무는 마른 잎을 바닥에 뚝뚝 떨구고 있었다. 반면 인간이 만든 것들은 잘 적응하지 못했다. 여태까지 오면서 소년이 본 모든 물건과 건축물은 부서졌거나, 망가졌거나, 부서져서 망가져 있었다.

소년은 벙커에서 구세계의 인간들이 우주에서 지구를 찍은 영상을 본 적 있었다. 다큐멘터리였다. 그 속에서 지구는 푸른색과 흰색 그리고 녹색이었다. 식물은 우주에서도 보였지만 인간은 보이지 않았다.

"지구의 전체 생물량의 80퍼센트는 식물이 차지하고 있습니다. 먼 은하에서 외계인이 날아와 지구를 관찰한다면 그들은 행성의 주인이 인간이 아닌 식물이라고 생각할지도 모릅니다."

세계적으로 유명한 대학의 교수라는 내레이터는 영상 속에서 그렇게 말했다.

'사실 우리는 식물들의 행성에 잠시 얹혀살다가 소리 소문 없이 방을 뺀 것이 아닐까.'

소년은 잠시 그런 생각을 하다가 고개를 저었다. 다큐멘터리는 결국 지구의 모든 생물량의 무게보다 인간이 만든 물건, 즉 건물과 자동차, 컴퓨터, 플라스틱 포장재, 일회용 컵 따위를 합친 무게의 합이 훨씬 더 무거워진 점을 지적했다. 그러니 인간은 절대 조용히 방을 뺀 것이 아니었다. 그들은 이산화탄소와 불꽃, 방사능, 그리고 일회용 컵을 사방에 뿌려대며 요란하게 퇴장했다. 세입자로 따지자면 아주 악질적인 세입자였다.

소년의 뒤로 새까만 개 한 마리가 따라오고 있었다. 발끝까지 온통 윤기 흐르는 검은 털로 덮여 있는 개의 동그란 두 눈은 마치 작열하는 석탄처럼 붉은빛으로 타오르고 있었다. 검은 개는 자기 몸뚱이만 한 가방을 짊어지고 느리게 걷는 소년을 몇 번이나 앞질렀다. 한참 앞에서 뱅글뱅글 돌며 제 꼬리를 쫓다가, 다시 달음박질쳐 소년에게 돌아오기를 반복했다. 개가 밟은 자리에는 발자국이 남지 않았다.

서녘에 걸려 있던 해가 지평선 가까이 닿았다. 하늘은 온통 붉게 물들었고 세상은 어두워질 채비를 마쳤다. 소년은 걸음을 멈추고 가방을 내려놓았다. 검은 개가 종종걸음으로 다가왔다.

"여기서 야영하려고?"

검은 개가 말했다. 눈만큼이나 새빨간 혓바닥이 검은 주둥이 사이에서 널름거렸다. 소년은 놀란 기색 없이 개를 향해 고개를 끄덕였다.

"응. 더 어두워지기 전에 준비해야 해."

소년이 멈춘 곳은 뒤집힌 소형 버스 앞이었다. 바닥은 갈라진 틈 없이 깔끔했고 버스가 바람을 막아줘 따뜻했다. 야영하기 나쁜 땅이 아니었다. 그러나 해가 이미 지평선에 닿았다. 폐허에 드리운 붉은빛은 순식간에 새까만 어둠으로 변할 것이다. 검은 개는 걱정스러운 눈빛으로 주위를 둘러보았다.

"그럼 빨리 움직여야 할 것 같은데. 해가 곧 질 거야."

소년은 몸뚱이만 한 배낭을 두드리며 말했다.

"꼭 필요한 건 다 여기 있으니까 괜찮아."

야영은 불을 준비하는 것부터 시작했다. 소년은 배낭이 쓰러지지 않도록 버스에 기대어 세워놓고 주위에서 큼지막한 콘크리트 덩어리를 주워다 모닥불 자리를 만들었다. 다음엔 땔감이 필요했다. 소년은 길가에 굴러다니는 마른 나뭇가지들을 긁어모았다. 고체연료만으로도 불이 오래 타기 때문에 땔감이 그렇게 많이 필요하지는 않았다. 소년은 모닥불 자리에 땔감을 쌓아

두고 주위에 평평한 바닥을 골라 돌을 골라낸 후 짙은 녹색 침낭을 펼쳤다.

모든 것이 어둠에 싸이기 직전, 소년은 밀랍색 고체연료 덩어리를 꺼냈다. 소년의 주먹보다 조금 작고 나일론 끈이 붙어 있었다. 끈을 잡아당겨 나뭇가지 사이에 던져 넣자 몇 초 뒤 불길이 확 타올랐다. 작은 모닥불이 고르고 안정되게 타오르기 시작했다.

이제 소년에게는 불이 있었다. 소년은 고열량 단백질바를 꺼내 먹으며 타오르는 불을 바라보았다. 불은 존재만으로 사람을 안정시키는 힘이 있었다. 벙커에 사는 동안 소년은 성냥불보다 더 큰 불을 본 적이 없었다. 하지만 어머니는 여러 사태에 대비해 소년을 훈련시켰다. 덕분에 이 여정을 시작한 뒤 불을 피우는 데 고생한 적은 한 번도 없었다.

검은 개는 정찰하듯 주변을 한 바퀴 돌고는 소년의 옆에 궁둥이를 붙이고 앉았다. 소년은 검은 개의 온기 없는 몸뚱이를 쓰다듬었다. 소년의 손가락이 목덜미를 긁자 개는 만족스럽게 눈을 깜빡이며 엎드렸다. 소년은 조금 웃었다. 그 소리에 검은 개는 자존심이 상한다는 듯 휙 고개를 돌렸다.

"그건?"

검은 개가 말했다. 소년은 바로 깨닫지 못하고 눈썹을 들어 올렸다.

"그거 말이야. 온도를 유지해줘야 한다고 하지 않았어?"

소년은 그제야 개의 말을 알아듣고 가방 고리에 달린 둥근 유리병을 떼어냈다. 검은 금속이 섬세한 새장의 창살처럼 유리의 표면을 감싸고 있는 병이었다. 표면이 매끄럽게 이어져서 여닫는 부분은 전혀 보이지 않았다. 완벽하게 밀봉된 병 안에는 모래와 자갈, 젖은 이끼가 들어 있었다. 검은 개는 약간 의심스러운 표정으로 병을 바라보며 물었다.

"그게 뭐라고 했지?"

"바이오스피어(biosphere). 폐쇄순환생태계."

소년이 대답했다. 소년은 손끝으로 유리의 온도를 가늠하다가 불 쪽으로 병을 조심스럽게 밀어놓았다. 모닥불의 불꽃이 유리에 반사되어 주홍색으로 빛났다. 병 안의 모래가 들썩거리더니 새우를 닮은 작은 생명체가 살며시 모습을 드러냈다. 녀석들은 앞다리를 바쁘게 움직여 수염을 닦고 이끼를 깨작거리더니 다시 모래에 몸을 파묻고 몸을 모래색으로 바꾸었다.

"근데 난 테라리움(terrarium)이라고 부르는 게 더 좋더라고."

폐쇄 테라리움은 어머니의 선물이었다. 소년은 벙커 안에서 자라며 자신의 세상이 오직 500제곱미터 넓이의 벙커, 그것도 벙커의 아주 일부분에만 국한되어 있다는 사실을 깨달았다. 그 안에서 소년이 소통할 수 있는 대상은 어머니뿐이었고, 볼 수 있는 것은 두꺼운 콘크리트 벽과 철문뿐이었다.

"나가고 싶어요."

소년이 그렇게 말했을 때 어머니는 구세계 이야기를 해주었던 걸 잠시나마 후회했을지도 모른다. 차라리 아무것도 몰랐더라면 밖을 동경하게 될 일은 없었을 테니까. 하지만 소년이 알기로 영원히 무지한 채 남을 수 있는 아이는 없었다. 어떤 책에도 그런 이야기는 나오지 않았다. 어머니도 같은 생각을 했는지는 알 수 없지만, 그날 이후 소년은 매일 조금씩이나마 새로운 것을 접할 수 있었다. 어느 날 어머니는 소년에게 작은 테라리움을 하나 선물했다.

"이건 엄마가 옛날에 만들었던 거란다."

어머니는 동그란 유리병을 들어 올리며 말했다. 소년의 어머니가 구세계에서의 자신에 대해 언급한 몇 안 되는 순간이었다.

"이 안에 든 것은 둔갑새우라는 생물인데, 합성동물이야. 자연에 존재하는 게 아니라 사람이 만들어낸 생물이라는 뜻이지. 이 새우는 문어처럼 자기 몸의 색과 모양을 변화시켜 의태 할 수 있어. 병 내부의 이끼를 먹고 살아."

그는 유리병을 손가락으로 쓸어내리며 말을 이었다.

"이 병은 폐쇄 생태계란다. 이 새우들은 여기서 나갈 수 없고, 빛 외의 것은 들어오지 않아. 그래도 이것들은 이 안에서 살아남는단다. 새우는 이끼를 갉아 먹고 물을 마시고, 이끼는 새우

16

의 배설물을 먹고 햇빛을 받아 수분과 산소를 만들어내면서, 조화롭고 아름답게 내부의 균형을 지키며 살아가. 그게……."

어머니는 잠시 말을 멈췄다. 하지만 긴 침묵은 아니었다.

"그게 우리가 본받았어야 할 점이지."

어머니가 테라리움으로 벙커 생활에 대해 뭔가 교훈을 주려 했다는 건 분명했다. 하지만 소년이 갑갑한 벙커 생활을 견딜 수 있었던 것은 새우가 주는 교훈이 아니라 규칙적으로 할 일이 생겼다는 사실이었다. 소년은 매일 수경 재배실로 가서 테라리움을 일정 시간 빛에 노출시켰고, 온도를 적정한 수준으로 맞췄으며 월요일부터 목요일까지 어머니의 일을 도우며 영어와 일본어를 배웠다. 금요일 저녁에는 어머니와 큰방 소파에 앉아 영화를 보았다.

오래지 않아 소년은 벙커에 있는 책들을 대략적으로 이해할 수 있게 되었다. 좋은 영화와 그렇지 않은 영화를 구분할 수도 있었다. 어머니는 소년과 영화에 대해 이야기하기 위해 자료보관소의 오래된 영화 잡지들을 꺼내 먼지를 털어 읽고는 했다. 소년은 어머니를 돕거나 새우를 돌보는 시간이 아니면 책과 영화에 빠져 살았는데, 그것들을 통해 갈 수 있는 세계는 500제곱미터의 일부보다는 조금 더 넓었기 때문이었다.

"테라리움의 '테라(terra)'는 땅이라는 뜻이거든. 로마신화의 대지의 여신의 이름이기도 한데, 보통 그리스신화의 가이아와 동일시되었대.”

“가이아?”

검은 개가 고개를 갸웃거렸다.

“그건 이 행성의 이름이라고 하지 않았어?”

“맞아. 가이아는 구세계에서 땅, 지구, 대지라는 의미도 있었어. 신화 속 가이아는 최초의 혼돈 카오스에서 태어나 하늘의 신인 우라노스와 결합해서 많은 자손을 두었는데, 그들 중 많은 수가 가이아를 배신했대.”

검은 개는 고개를 들고 주위를 살펴보았다. 붉은 눈동자가 아무것도 보이지 않는 어둠 속을 훑었다. 개는 많은 것을 보고 있었다. 검은 개는 죽을 운명의 개나 늑대가 있는 곳이라면 어디든 볼 수 있었다. 그리고 검은 개는 지금 그들의 눈을 빌려 인간들이 남긴 흔적을 보고 있었다.

개는 바닷바람에 조금씩 무너져가는 도시를 볼 수 있었다. 더티 밤(dirty bomb)이 떨어진 지 10여 년이 지난 지금까지도 방사능이 새어 나오는 폭심지도 볼 수 있었다. 또한 불타는 숲을 볼 수 있었다. 관리인을 잃은 화학 공장에서 시작된 불은 숲을 따라 번지며 몇 달 동안 타오르고 있었다. 그 불은 우기가 올 때까지 꺼지지 않을 것이다. 검은 개는 새까맣게 탄 나뭇등걸을 뒤로하고 달아나는 짐승들을 눈에 담았다.

"그렇군."

검은 개는 다시 소년을 바라보며 그렇게만 짧게 말했다. 소년은 검은 개가 무엇을 보았는지 알지 못했다.

타닥거리는 모닥불 소리를 제외하면 둘 사이에는 잠시 편안한 침묵이 흘렀다. 검은 개의 차가운 등허리를 쓰다듬는 소년의 손길이 점차 느려졌다.

"있잖아."

검은 개는 바닥에 엎드린 채 귀만 세웠다. 소년은 계속 말을 이었다.

"뭐 하나만 물어봐도 돼?"

검은 개는 소년의 손을 다정스럽게 핥는 것으로 대답을 대신했다. 개는 어느새 작은 강아지의 모습으로 변해 있었다. 너무 작아서 소년의 품 안에 몸 전체가 쏙 들어갈 정도였다.

"혹시 종말 이전에 사람들이 어떻게 살았는지 알아? 구세계에선 사람들이 뭘 보고, 뭘 먹고, 뭘 꿈꾸며 살았는지……. 혹시 우리 엄마가 바깥에서 어떻게 살았는지 알아?"

개는 고개를 저었다.

"그럼 우리 엄마가 왜 날 떠났는지는?"

"몰라."

소년은 살짝 인상을 찡그렸다.

"넌 '죽음'이라면서 아는 게 없네."

"네가 물어본 건 전부 삶에 관련된 거잖아."

"그럼 종말 때 사람들이 어떻게 죽었는지 알아?"

"몰라."

소년은 기막히다는 목소리로 물었다.

"넌 대체 아는 게 뭐야?"

"개."

검은 개가 주저 없이 대꾸했다.

"그리고 늑대. 사실상 같은 종이니까."

"개의 죽음이랑 인간의 죽음이 따로 있어?"

"물론이지."

"그러면 다른 죽음들도 있어? 돌고래나 고양이, 바퀴벌레 같은 것도 죽음이 따로 있는 건가?"

"아주 잘 알고 있네."

검은 개는 소년이 일 더하기 일은 이가 맞냐고 물은 것처럼 대답했다.

"그럼 넌 저승사자 같은 건가? 개들이 죽으면 개의 영혼을 사후 세계로 데려가는 거고, 인간의 영혼을 데려가는 죽음은 따로 있고 그런 거야?"

"저승사자라…… 음, 그래. 뭐, 그게 받아들이기 편하다면 그렇게 생각해도 돼."

소년은 조심스럽게 물었다.

"저승사자라면, 사람이 죽은 후에 어떻게 되는지도 알아?"

"몰라. 안다고 해도 말해줄 수 없고."

소년이 불만스러워 보이는 얼굴을 하자 검은 개는 한숨을 내쉬며 다시 설명했다.

"꼬마야, 난 개의 죽음이야. 나는 일종의 현상이지. 그것도 아주 작은 현상. 만약 세상에 개나 늑대가 남지 않게 된다면 나는 사라질 거야. 네가 물어본 질문은 내가 대답하기에는 너무 커다란 것이야. 난 인간에 대해선 잘 모르기도 하고."

소년은 여전히 개의 말을 이해하기 힘들었지만 개를 밀어내진 않았다.

"그럼 너는 왜 갑자기 내 앞에 나타난 거야? 혹시 내가 죽은 건가?"

"넌 안 죽었어."

개는 몸을 쭉 뻗어 축축한 혀로 소년의 뺨을 핥았다.

"난 항상 여기 있었고 네가 날 볼 수 있게 된 것뿐이야. 죽진 않았지만 한 번 죽음의 문턱을 넘을 뻔했잖아."

소년은 개가 자신을 핥게 두면서 겨울에 앓았던 그 열병을 떠올렸다. 오래, 고통스럽게 이어졌던 그 열기. 몸 안의 모든 체액과 장기가 익어버릴 것처럼 뜨거웠던 순간. 어머니는 소년의 체온을 재고 벙커에 있는 모든 의약품을 시험해보며 뇌가 손상될 위험이 있는 고열과 변형 단백질, 상한 통조림에 대해 끊임없이 중얼거렸다.

소년은 무의식적으로 미간을 문질렀다. 그는 아직 눈앞에 보이는 말하는 개가 뇌 손상으로 인한 환각일지도 모른다고 생각하고 있었다.

"그리고 인간들에 대해서는 오히려 네가 더 잘 알걸. 적어도 넌 인간이잖아."

"난 평생 벙커에서 살았다고. 그런 나보다 바깥에 대해 모르면 그냥 아무것도 모르는 거 아니야?"

"나한테 물어보지 말고 네가 직접 알아봐. 너는 지금 바깥에 있잖아."

불티가 허공으로 탁탁 튀어 올랐다. 소년은 불에 데운 음료수를 마셨다. 따뜻한 액체가 몸 안으로 들어오며 온기가 퍼졌다. 기분이 좋아야 할 테지만 이상하게 불쾌했다. 너무 달아서 그럴 것이다. 생존 키트에 들어 있는 음료수는 열량을 높이기 위해 당분이 지나치게 많이 들어 있었다.

검은 개는 개가 할 수 있는 모든 것을 할 수 있었다. 그러니 사람의 표정을 구분할 수도 있었다. 소년이 토할 것 같은 표정으로 병을 내려놓으며 입을 가리자, 개는 이상함을 감지했다.

"괜찮아?"

"괜찮아, 그냥 긴장이 돼서."

검은 개는 꼬리로 땅을 탁탁 치다가 소년의 몸에 바짝 밀착했다. 온기는 없었지만 털은 충분히 부드러웠다. 소년은 손가락 사이로 흘러나가는 검은 털의 감촉을 느끼며 마음을 진정시켰다.

"내가 본 구세계 사람들…… 그러니까, 엄마를 제외한 다른 사람들은 전부 책이나 영화 속에만 존재했지. 아니면 엄마의 LP판에서 노랫소리만 들었어. 그런데 이제 나도 바깥에 있고, 곧 그들을 볼 수 있다고 생각하니까 조금 무서워."

그건 어머니가 돌아오지 않는다는 것이 확실해진 후에도 벙커 밖으로 나오기까지 시간이 걸린 이유이기도 했다.

"내가 잘할 수 있을까?"

"나야 모르지."

검은 개가 부드러운 어투로 말을 이었다.

"하지만 네가 너무 겁먹을 필요가 없다는 건 알아. 너는 지금 벙커에서 나왔고, 단서를 모으면서 한 달째 이 길을 걷고 있어. 지금까진 아주 잘하고 있는걸."

소년은 들릴 듯 말 듯 한 목소리로 "고마워"라고 웅얼거렸다. 검은 개는 뭔가 말하려는 듯 머뭇거리다가 입을 다물고 대신 혀를 내밀어 다정하게 소년의 손을 핥았다.

소년은 이제 충분히 따뜻해진 테라리움을 보조 가방에 집어넣었다. 테라리움의 온도가 너무 올라가선 안 됐다. 또 밤새 바깥에 내놓아 깨질 위험을 감수하고 싶지도 않았다. 소년은 가방을 머리맡에 놓고 침낭 속으로 들어가 지퍼를 닫았다.

개는 자리에서 일어나 낮게 큿 짖었다. 몸이 조금 전보다 약간 더 커져 있었다.

"어서 자. 불침번은 내가 설 테니까."

"내 머리맡에 죽음이 어슬렁거린다니. 엄청 안심되네."

검은 개는 주둥이로 소년의 볼을 툭 밀고는 조금 떨어진 곳에 가서 섰다. 소년은 따뜻한 침낭 속에서 이내 잠이 들었다.

*

소년은 꿈속에서 벙커에 있었다. 그곳에는 수십 개의 방과 창고, 수경 재배실과 발전실이 있었다.

소년이 벙커의 모든 곳을 다 아는 건 아니었다. 가령 벙커의 최하층은 위험하고 민감한 기계가 가득했기에 어머니가 들어가지 못하게 했다. 하지만 소년은 그곳에 들어가본 적 있었다. 지금보다도 더 어리고 호기심이 많았을 때, 멸망한 세계에서 살아남는 게 얼마나 어려운지 몰랐을 때의 일이었다. 최하층은 어머니가 말한 대로 알 수 없는 기계로 가득했고 또 어두웠다. 소년은 겁에 질려 울었다. 잠에서 깨어나 소년이 사라진 걸 알아차린 어머니가 급히 찾으러 올 때까지.

지금 소년은 그 최하층에 있었다. 꿈속의 벙커는 실제와 비슷했지만 물비린내와 곰팡내가 나지 않았다. 이번엔 아무리 기다

24

려도 어머니가 오지 않으리라는 사실을 소년은 천천히 깨닫는 중이었다.

　위층으로 올라가며 방을 하나하나 지나쳤다. 통조림과 보존식품이 천장까지 들어차 있던 다섯 개의 식품창고, 냄새 고약한 연료와 여러 잡동사니가 가득한 발전실, 여벌 도구와 의료용품이 있는 비품실이 있었다. 소년은 그곳의 흠집 하나, 낙서 하나까지 전부 알고 있었다. 모든 것이 익숙하고 편안했다.

　소년은 가장 좋아하는 방 앞에 멈췄다. 책과 영화가 있는 방이었다. 소년은 방문을 열었다. 안에는 수십 번, 수백 번을 읽고 본 책과 영화들, 손때 묻은 책걸상과 영사기, 녹슨 파이프 밑에 어머니가 임시방편으로 놓아둔 양동이가 있었다. 소년이 방 안에 들어가 앉자 물건들이 파이프에서 떨어지는 물방울 소리에 맞춰 춤을 췄다. 영사기가 자동으로 켜지고 화면에 영화가 비추어졌다. 여러 번 돌려 보아 늘어난 필름이 돌아갔다. 남자 주인공이 여자 주인공 앞에 무릎을 꿇고 사랑을 고백했다. "부디 나를 위해 남아줘요." 필름이 영사기 내부에 걸리며 기분 나쁜 드드득 소리를 냈다. 남자는 일그러진 얼굴로 지직거리며 같은 말을 반복했다. "나를 위해 남, 남아…… 남아……줘요."

　꿈의 법칙은 현실과 다르다. 어디에서라고 할 것 없이 갑작스럽게 어머니가 나타났다. 소년은 놀라지 않았다. 다음 순간 소년은 어머니의 무릎에 앉아 있었다. 어머니는 소년에게 책을 읽어줬다. 따뜻한 공기, 하나로 질끈 묶은 어머니의 회색 머리카락, 한 장씩 넘어가는 종이 소리. 소년에게 익숙한 것들이었다.

그러나 어머니가 입은 것이 부드러운 순면바지가 아니라 차갑고 미끌미끌한 비닐인 것은 전에 없던 일이다. 어머니가 자리에서 일어나며 소년은 바닥으로 쓰러졌다. 소년은 어머니가 마치 우주복처럼 생긴 새하얀 비닐 슈트를 입었음을 깨달았다. 창고에 걸려 있던 B레벨 방호복이었다.

"엄마?"

어머니는 소년을 뒤로하고 방을 나갔다. 소년은 자신의 몸이 뜨겁게 달아오르는 것을 느꼈다. 열병이었다. 죽을 만큼 뜨거웠다. 너무 뜨거워 온몸이 흔적도 없이 증발해버릴 것 같았다.

소년은 어머니를 따라갔다. 어머니는 벙커의 출입구를 열었다. 지상을 향해 수직으로 나 있는 둥근 문에서 강렬한 태양광이 비쳐 들었다. 빛이 너무 강해서 뒷모습이 제대로 보이지 않았다. 어머니는 지상으로 사라졌다. 소년은 몇 번이나 사다리를 오르려 했다. 하지만 이상하게도 가로대를 밟을 때마다 힘이 빠져 미끄러졌다. 소년은 울고 싶은 기분으로 위를 올려다보았다. 움켜쥔 주먹이 파르르 떨렸다.

"엄마! 가지 마요!"

하지만 소년의 외침은 지상까지 닿지 않았다. 소년은 차가운 사다리에 기대 숨을 몰아쉬었다. 열린 문으로 들어오는 햇빛,

서늘한 바람. 그 모든 것이 낯설고 두려웠다.

그때 벙커 지하에서 서늘한 손이 튀어나와 소년의 발목을 움켜쥐고 확 끌어당겼다. 내장이 사정없이 뒤틀리는 기분과 함께 소년은 추락했다. 그리고…….

소년은 깨어났다. 동이 트고 있었다. 세상이 새벽의 창백한 색깔로 물들었다. 모닥불은 거의 꺼져 잉걸불로 타닥거렸고, 밤새 유령이 뛰어노는 듯 스산하던 숲에선 새소리가 들렸다. 소년은 자신이 침낭 속에서 식은땀을 흘리며 몸을 웅크리고 있다는 걸 깨달았다.

소년의 곁에는 여전히 검은 개가 있었다. 검은 개는 모닥불 근처에서 소년에게 장담한 대로 불침번을 서고 있었다. 붉고 둥근 눈동자가 묵묵히 주위를 응시했다. 개는 아직 소년이 깨어난 것을 알지 못하는 듯했다. 소년은 막 깨어난 듯한 신음과 함께 침낭의 지퍼를 열고 몸을 일으켰다. 개는 소년을 향해 귀를 쫑긋 세우고 경중경중 달려왔다. 벙커에서 나온 서른 번째 날이 시작되었다.

고속도로는 무섭도록 길고 높았고 또 외길이었다. 소년은 몇 시간마다 한 번씩 지도를 펼쳐 보았지만 사실 그럴 필요가 없었다. 고속도로는 지상에서 10여 미터 위에 지어져 있어 나들목이나 분기점이 나오지 않는 이상 지상으로 내려갈 수 없었고, 지난 보름 동안 분기점은 나타나지 않았다. 자동주행 차량만 다닐 것을 상정하고 지어진 이 고속도로는 중간에 휴게소 하나 없었다. 메마르고 단조로운 회색 길이 지평선을 향해 끝없이 뻗어 있어, 걷다 보면 마천루의 창문을 타고 오르는 개미가 된 기분이 들었다.

소년은 그 길을 따라 동쪽으로 향하고 있었다. 지도에 따르면 이 도로는 나라의 동서를 가로질렀고 양쪽 모두에 대도시가 있었다. 하지만 소년이 알기로 서쪽에 있는 도시인 서울은 대전쟁 때 폭격으로 폐허가 됐다. 동쪽에 있는 강원도의 몇몇 도시들은 살아남았다. 어머니가 소년의 병을 치료할 방법을 찾으려 벙커를 나왔다면 분명 그리로 향했을 것이다.

"이 길이 확실해?"

소년이 벙커에서 빠져나와 고속도로를 발견했을 때, 검은 개는 그렇게 물었다. 소년은 고개를 끄덕였다. 벙커 근처에는 눈에 띄지 않게 카무플라주 해놓은 미니밴이 한 대 있었다. 어머니는 가끔 방호복을 입고 나가 필요할 때 제대로 작동할 수 있도록 밴을 정비했다. 소년은 밴을 직접 본 적은 없었지만 어머니는 만일의 사태를 대비해 밴의 위치와 관리법을 철저히 가르쳐주었다. 벙커에서 나온 뒤 소년은 밴을 찾았지만 밴이 있어야 할 자리에는 카무플라주 천만 덩그러니 놓여 있었다. 어머니가 가지고 간 게 분명했다.

긴 여정을 떠나기 전, 소년은 벙커 전체를 샅샅이 뒤졌다. 물과 식량, 보온용품과 호신용 무기 같은 필수품을 챙기기 위해서였다. 그 과정은 한 달이 조금 넘게 걸렸다. 어머니의 방을 뒤지는 것을 가장 나중으로 미루어놓았다. 텅 빈 방을 보면 어머니가 자신의 곁에서 사라졌다는 것을 깨닫게 될까 봐 두려웠다. 시간이 지나고 생존 가방이 통조림과 정수 알약으로 꽉 찼을 때쯤 소년은 용기를 내어 어머니 방에 들어갔다.

어머니가 떠난 지 오랜 시간이 흘렀음에도 방은 여전히 어머니다웠다. 모든 것이 깔끔하고 잘 정돈되어 있었다. 얇게 쌓인 먼지를 제외하면 모든 게 평소와 같았다. 책과 서류, 옷가지와 메모가 모두 제자리에 있었다. 다만 보온성이 뛰어난 옷가지들과 레벨B 방호복 한 벌이 옷장에서 사라졌다.

책상으로 다가갔을 때 소년은 이상한 것을 발견했다. 책상 위에 둥근 로고가 찍힌 얇고 투명한 홀로그램 카드가 놓여 있었다. 소년은 그게 무엇인지 알았다. 벙커의 출입문과 발전실, 수경 재배실 문을 여닫는 데 필요한 키카드였다. 하지만 본래 두 장이어야 할 카드는 한 장뿐이었고, 카드 위에 정체불명의 기계가 올려져 있었다.

소년은 벙커의 모든 물건에 꽤 익숙하다고 자신했다. 하지만 그 기계는 처음 보는 것이었다. 벙커의 모든 기기는 효율적인 생존을 위해 만들어졌기에 상호 호환되는 것이 기본이었다. 그

러나 그 기계는 벙커의 어떤 기계와도 호환되지 않았고 생긴 것
조차 이질적이었다.

기계는 소년의 손바닥보다 조금 더 큰 직육면체 모양이었다.
재질을 알 수 없는 몸체는 두껍고 반투명했으며 내부의 회로가
훤히 들여다보였다. 소년은 그걸 '회로'라고 불러야 하는지 확
신하지 못했다. 기계 안에 그어져 있는 반짝거리는 빗금들은 볼
때마다 그 배치를 바꾸었다. 마치 관찰하는 행위가 내부 구조의
모습에 영향을 미치는 것 같았다. 계속 보고 있으면 어지럽고
속이 울렁거려서, 검은 천으로 기계를 칭칭 감아놓았다. 벙커를
나오며 소년은 그 기계와 카드를 챙겨 옷 속에 둘러매는 작은
보조 가방 안에 넣었다.

고속도로를 걷는 동안 검은 개는 종종 지루해죽겠다고 투덜
거렸다. 소년은 그 말이 얼마나 아이러니한지 굳이 지적하지 않
았다. 소년은 하루에 한 번은 멈춰 서서 식사를 했고, 순전히 재
미로 검은 개에게 음식을 나눠주기도 했다. 아직까진 그럴 여유
가 있었다. 검은 개 역시 재미 삼아 먹을 것을 받아먹었다. 그렇
게 며칠을 더 걸은 끝에 소년은 처음으로 나들목과 마주쳤다.
고속도로를 빠져나가는 길 쪽으로 멀리 바다와 접해 있는 커다
란 도시가 보였다.

그곳은 과거 정부가 인구 분산을 목표로 지은 전형적인 신도

시 같았다. 계획도시 특유의 각지고 균일한 블록과 도로, 땅 밑으로 몇 층에 걸쳐 뻗은 지하 구역이 있을 터였다. 소년이 서 있는 곳에서도 높게 솟은 건물과 희끄무레한 녹색 얼룩처럼 보이는 공원이 보였다.

소년은 난생처음 보는 도시의 실물에 압도당했다. 하늘 높이 뻗어 있는 고층 건물은 소년에게 옛이야기 속 바벨탑을 연상시켰다. 한때 하얗게 빛났을 건물 외벽이 이제 물때와 이끼로 얼룩덜룩하게 물들었고, 곳곳에 콘크리트가 무게를 못 견디고 떨어져 나간 휑한 구멍이 있었다. 하지만 그런 것은 소년이 느끼는 경외감을 조금도 줄이지 못했다. 오히려 그런 것들 때문에 더더욱 신화에서 튀어나온 것처럼 보였다.

그저 영상으로 보는 것과 실제로 목격하는 것 사이에는 어마어마한 차이가 있었다. 소년은 이제야 그 사실을 깨달았다. 소년은 도시의 모습에 완전히 마음을 사로잡혔다.

"저기로 내려가야겠어."

검은 개는 도시를 바라보며 불안한 표정으로 말했다.

"더 가볼 생각은 없고? 길은 아직 남아 있잖아."

소년은 고집스럽게 고개를 젓고 나들목을 따라 도시를 향해 아래로 내려갔다. 고가도로의 끄트머리는 도시의 입구와 바로 이어졌지만 거대한 회색 벽이 출입을 막고 있었다. 성인 남성 평균 키보다 조금 높은 정도의 회색 장벽이 양옆으로 쭉 이어져 도시 가장자리를 둘러싸고 있었다. 소년은 벽의 일부가 무너져 있는 것을 발견하고 작게 탄성을 내질렀다. 차 한 대가 드나들기 딱 좋은 크기였다.

"이것 봐, 엄마가 여기로 온 게 분명해."

검은 개는 불편한 기색으로 무너진 자리를 맴돌았다. 소년은 가볍게 무너진 벽을 넘었다. 녹슨 간판이 그들을 반겼다.

어서오십시오.

무원신도시입니다.

도시에 들어간 소년의 눈에 가장 많이 담긴 것은 이끼와 담쟁이의 녹빛이었다. 오랫동안 방치된 도시는 식물로 뒤덮여 있었다. 드넓은 대로에는 빗물이 고여 걸을 때마다 찰박찰박 소리가 났다. 물에 잠긴 도로 양옆으로 미처 부서지지 않은 가로등이 사라진 이들을 추모하듯 녹슨 머리를 숙이고 늘어서 있었다. 바람이 불 때마다 오래전 빛을 잃은 네온 간판이 삐거덕거리며 흔들렸다. 마치 진자처럼 앞으로, 뒤로.

소년이 물웅덩이에 발을 디딜 때마다 수면에 비친 햇살이 부서져 튀어 올랐다. 소년은 볼을 발갛게 물들이고 빠르게 거리를 가로질렀다. 살아 있는 사람이 보이지 않는 폐허는 공포영화 속의 한 장면 같았지만 소년은 그것조차 기꺼웠다. 벙커에서 학교를 배경으로 한 공포영화를 볼 때 소년은 점프 스케어마다 비명을 지르며 눈을 가리면서도 내심 자신이 영화 속의 공간인 학교에, 호수에, 병원에, 광장에 가볼 수 있길 바랐다. 지금 소년이 있는 거리에는 빌딩과 아파트가 가득했고 저 멀리 광장에는 녹조 낀 분수도 보였다.

소년은 기울어진 건물 앞에서 멈춰 섰다. 깨진 유리창 사이로 넘쳐나는 식물을 토해내며, 무너지기 직전인 시멘트 몸체를 바로 옆의 작은 빌딩에 기대고 있었다. 작다고는 해도 어디까지나 상대적인 크기로, 소년에게는 굉장히 커 보였다. 기울어진 건물의 거대함에는 거의 경이로운 위압감을 느꼈다.

소년의 시선은 섬세하게 조합된 건물의 벽돌 무늬를 따라 꼭대기로 올라가다 흐려진 하늘에서 멈췄다.

"비가 올 것 같네."

소년이 중얼거렸다. 비는 찬 바람만큼 위험했다. 소년은 어머니에게 저체온증이 얼마나 빠르게 사람의 목숨을 앗아갈 수 있는지를 배웠다. 문명이 붕괴한 후 바깥을 떠돌던 생존자들의 대부분은 저체온증 때문에 죽었다고 했다. 소년은 빗방울이 떨어지기 전에 도시 안쪽으로 좀 더 깊숙이 들어가보기로 했다.

멀리서 하울링 소리가 들린 것은 그때였다. 소년은 무심결에 검은 개를 내려다보았다. 개는 고개를 저었다.

"나 아냐."

처음으로 들어보는 살아 있는 짐승의 울음소리에 두려움보다 호기심이 앞섰다. 소년의 작은 발은 그를 하울링이 울린 방향으로 이끌었다.

"여기서 들린 것 같아."

소년은 골목 앞에서 작게 속삭였다. 고개를 내밀어 골목 안쪽을 살펴보았지만 텅 비어 있었다. 시궁쥐가 골목을 본다면 거리 곳곳에 있는 쥐구멍과 그 사이를 드나드는 쥐 몇 마리를 발견했을 것이고, 식물의 눈으로 본다면 방동사니와 쑥이 보도블록을 가득 메우고, 공기 중엔 씨앗이, 벽에는 담쟁이덩굴이 늘어진 광경에 초점을 맞췄을 것이다. 하지만 인간인 소년의 눈에 골목에는 아무것도 없었다.

소년은 실망해 고개를 돌리다가 움직임을 멈췄다. 들개 한 마리가 불과 몇 미터 앞까지 다가와 으르렁거리고 있었다.

들개는 소년 쪽을 향해 목을 긁는 울음소리를 냈다. 희번덕거리는 눈동자는 검은 개와는 다른 의미로 불타고 있었다. 섬뜩했다. 어머니는 개가 사람에게 호의적인 동물이라고 했다. 검은 개도 소년에게 상냥하게 행동했다. 하지만 이 개는 사람을 좋아하는 것 같지 않았다. 회백색 털은 먼지와 오물이 엉겨 붙어 지저분했고 좁은 흰자위는 실핏줄이 터져 있었으며 잔거품이 잔뜩 맺힌 입술 사이로 날카로운 이빨이 드러났다.

"움직이지 마."

검은 개가 말했다. 소년은 그 말대로 손가락 하나 까닥하지 않았지만 들개는 여전히 으르렁거리고 있었다. 소년은 작게 입술만 움직여 속삭였다.

"나한테 화가 난 거야?"

"아니. 날 보고 있는 거야."

검은 개가 말했다. 정말 들개는 소년이 아니라 검은 개가 있는 쪽을 경계심 어린 눈으로 노려보고 있었다.

"정확하게는 보는 게 아니라, 느끼고 있는 거지만."

검은 개는 타오르는 붉은 눈으로 들개를 바라보며 한 걸음씩 앞으로 나섰다. 들개는 요란하게 짖었다. 경고나 분노가 아닌 두려워서 짖는 울음이었다. 보이지 않는 불길한 무언가가 다가오고 있다는 걸 아는 것 같았다. 검은 개가 아랑곳 않고 서로의 코가 맞닿을 정도로 다가갔다. 들개는 몇 번 적대적인 콧김을 내뿜더니 휙 몸을 돌려 멀어졌다. 소년은 조용히 안도의 한숨을 내쉬었다.

"근처에 죽어가는 개가 있군. 그래서 저렇게 예민한 거야."

검은 개가 나지막이 말했다.

"너 그런 것도 알 수 있어?"

"당연하지. 상태가 심각하군. 초조할 만해."

검은 개는 멀어져가는 들개를 바라보더니 불쑥 말했다.

"잠깐 혼자 있을 수 있겠어?"

"뭐?"

"여기까지 온 이상 한번 갔다 와야겠어. 우리에게도 지켜야 할 규칙이라는 게 있어."

"나도 같이 가."

생각할 겨를도 없이 말이 튀어나왔다. 검은 개는 속을 알 수 없는 표정으로 소년을 바라보았다. 그 차분한 붉은 눈을 마주하자, 어째서인지 남의 일에 끼어들고 있다는 부끄러움과 죄책감이 느껴졌다. 소년은 입술을 깨물었지만 끝까지 눈을 돌리지 않았다. 마침내 검은 개가 담담한 투로 말했다.

"안 될 이유는 없지. 하지만 조심해. 죽음을 앞둔 상황에서 남에게 친절한 사람은 별로 없잖아. 개들도 마찬가지야."

검은 개는 들개의 뒤를 따라 달렸고, 소년은 검은 개를 쫓아 뛰었다. 들개는 이리저리 좁은 골목을 돌아 달렸다. 소년은 도시의 지리를 전혀 몰랐기에 개가 어디로 가는지 알 수 없었다. 들개는 가끔씩 뒤를 돌아보고 자신을 쫓아오는 소년과 검은 개를 향해 사납게 짖었다. 들개는 아주 빨리 뛰었지만 검은 개는 따라오는 소년을 생각해서인지 비교적 느리게 달렸다.

오래지 않아 들개는 도시 변두리의 한 공원에 도착했다. 녹이 슨 울타리가 주위를 두르고 있었고 바닥에 떨어진 철제 간판에는 아직 남아 있는 글자가 있었다. 소년은 저도 모르게 멈춰서 그 문구를 읽었다.

민족을 위해 산화한 고귀한 영혼을 기리며.

당신들은 우리 안에 영원히 살아갈 것입니다.

바스락, 낙엽이 바닥에 떨어졌다. 소년은 고개를 들었다. 개들이 사라졌다. 들개도, 검은 개도 보이지 않았다. 소년은 공원 입구에서 머뭇거리다가 멀리서 희미하게 들려오는 낑낑 소리에 그곳으로 향했다.

울음소리는 쓰러진 철제 벤치 뒤편, 아마 한때 공원의 창고나 관리실 따위로 쓰였을 임시 건물에서 흘러나오고 있었다. 문은 시퍼렇게 부식된 사슬로 감겨 있었고 창문은 너무 높은 곳에 나 있어서 안을 들여다볼 수가 없었다.

'잠긴 창고 안에 어떻게 들어갔지?'

소년은 소리가 나는 창고 구석으로 조심스레 다가갔고 질문의 답을 찾았다. 창고 벽 일부가 무너져서 바깥과 연결되어 있었다. 드나들기 좋은 개구멍이었다. 소년은 몸을 수그리고 안으로 기어들어갔다.

검은 개가 그곳에 있었다. 여전히 검은 털과 붉은 눈을 가졌다는 것을 빼면 개의 모습은 확연히 달라져 있었다. 주둥이는 늑대의 것처럼 굵고 뾰족했고 붉은 눈은 훨씬 크고 날카로웠다. 몸집은 아까보다 다섯 배는 더 커져서, 마음만 먹는다면 소년을 한입에 집어삼킬 수 있을 것 같았다. 날카로운 역삼각형의 얼굴과 위로 바짝 세워진 귀 때문에 개보다 늑대에 훨씬 더 가까워 보였다. 자신이 개뿐만 아니라 늑대의 죽음이라고 말한 것이 처음으로 이해가 되었다. 개와 늑대가 죽을 때 찾아오는 죽음은, 검은 털가죽을 둘렀다.

소년은 검은 개의 시선을 따라 고개를 내밀었다. 박살 난 옷장 안에 작은 강아지 여러 마리가 옹기종기 몸을 포갠 채 누워 있었다. 아직 젖도 떼지 않은 어린 녀석들이었다. 소년이 다가가자 녀석들은 경계심 대신 호기심이 가득한 눈동자로 바둥거렸다. 개중 한 녀석은 소년에게 가까이 다가오기 위해 형제의 몸을 타고 넘다가 거꾸로 나자빠지기까지 했다. 소년은 작게 웃었다. 꼬물거리는 둥근 머리통은 너무 작아 소년의 손에도 한 번에 잡힐 듯했다.

"하지 마."

소년은 손을 뻗다가 멈췄다.

"아까 그 녀석이 어미야. 새끼에게서 네 냄새가 나는 걸 좋아하지 않을 거야. 네가 제 새끼를 죽였다고 착각할지도 몰라."

회색 강아지 중 한 마리가 유독 움직임이 없었다. 유난히 작은 녀석이었다. 다른 형제들의 반절밖에 안 되는 크기였고 눈곱이 보기 싫게 끼어 있었다. 색색거리는 숨이 가늘었다. 소년은 조심조심 강아지를 살펴보았다. 목덜미 쪽에 노랗게 곪은 상처가 보였다.

"얘가 죽는 거구나."

소년이 말했다. 그건 질문이 아니었다. 소년은 강아지를 안아 올렸다. 검은 개가 으르렁거렸다.

"뭐 하는 거야?"

자그마한 몸은 지나치게 가벼웠고, 너무 뜨거웠다. 개의 체온이 사람보다 높은 걸 감안해도 열이 펄펄 끓었다. 소년은 배낭을 내려놓고 강아지를 안은 반대쪽 팔로 지퍼를 열었다.

"항생제 놔주려고."

상처, 감염, 발열. 소년은 이 상황에서 어떻게 대처해야 하는지 알았다. 배낭에서 항생제를 꺼냈다. 사람의 것이 강아지에게 통할지 알지 못했지만 아무것도 하지 않는 것보단 나을 것이다.

"내려놔."

개의 목소리에는 위협적인 으르렁거림이 섞여 있었다. 소년은 손을 멈추고 개를 똑바로 쳐다보았다.

"내가 도와주면 살 수 있을지도 몰라. 아직 이렇게나 어린데."

"개의 죽음에 간섭하지 마. 순리에 어긋나."

"이게 왜 간섭이야?"

소년은 물었다.

"지나가던 사람이 우연히 아픈 강아지를 발견해서 도와주려고 하는 것뿐이잖아. 뭐가 잘못됐는데?"

검은 개와 함께 지내며 소년 역시 그의 표정을 읽을 수 있었다. 지금 검은 개는 눈에 띄게 불편한 표정이었다. 소년은 그 이유가 궁금했다. 검은 개는 입을 열었다가 다시 닫았다. 그러고는 한참만에 입을 뗐다.

"이 경우는, 나랑 너는……."

입구에서 사납게 으르렁거리는 소리가 났다. 진짜 살아 있는 개의 울음이었다. 붉은 피가 도는 성대가 공기를 긁어내리며 내는 떨림. 소년은 천천히 돌아보았다. 들개가 핏발이 선 눈으로 소년을 노려보고 있었다. 당장이라도 달려들 듯 몸을 바짝 긴장시킨 채였다. 희번덕거리는 눈동자가 소년이 안은 강아지와 소년 사이를 오갔다.

"젠장."

검은 개가 탄식한 순간, 들개가 덤벼들었다.

소년은 재빨리 몸을 날려 개구멍을 통과했다. 다행스럽게도 소년이 통과할 수 있을 정도로 넓었다. 들개는 너무 급히 달려들다가 쓰러진 배낭에 걸려 나동그라졌다. 소년은 마구잡이로 내달려 언덕을 내려갔다. 길에 쌓인 마른 나뭇가지가 발목을 할퀴었지만 아픈 줄도 몰랐다.

"내가 만지지 말라고 했잖아."

검은 개가 책망하는 투로 말했다. 소년은 정신없이 도로를 따라 달리며 소리쳤다.

"타박할 여유 있으면 좀 도와줘!"

들개는 미친 듯이 짖으며 소년을 뒤쫓아왔다. 따라잡히는 건 시간문제였다. 검은 개는 앓는 소리를 내며 머뭇거렸다. 그러나 들개가 빠른 속도로 소년을 따라잡자 검은 개는 눈을 질끈 감고 길 바깥으로 달려나갔다. 순간 검은 개가 자신을 버렸다고 생각한 소년은 개를 쫓아가려다 보도블록 틈에 발이 걸려 넘어졌다.

들개가 넘어진 소년을 덮치려는 때, 철그럭거리는 소리가 나며 커다란 기계가 둘 사이를 가로막았다. 오래전에 망가진 듯 녹슬고 부식된 로봇이었다. 네 다리가 달려 있어 개를 연상시키는 로봇은, 눈이라고 불러야 할 부위에 붉은빛이 감돌고 있었다. 로봇은 요란한 쇳소리와 함께 비틀거리며 들개를 향해 달려들었다. 들개는 당황한 듯 주춤주춤 물러났다.

잠깐의 시간을 벌었지만 거기까지였다. 들개는 새끼를 눈앞에 두고 물러설 만큼 겁에 질리지는 않았다. 들개는 로봇에게 덤벼들어 목덜미를 물어뜯었다. 로봇은 끼긱거리는 소리를 내며 바닥으로 쓰러졌고 이내 머리가 뜯겨 나갔다. 그 순간 소년은 새까만 그림자가 로봇에게서 흘러나와 바닥으로 흩어지는 것을 본 것만 같았다.

소년의 눈에 지하로 이어지는 계단이 들어왔다. 소년은 급히 계단으로 뛰어들었다. 정신없이 내려가다가 마지막 몇 계단에서 나뒹굴었다. 최대한 강아지에게 충격이 가지 않도록 온몸으로 감싼 덕에 강아지는 무사한 것 같았다. 눈물이 찔끔 고일 정도로 아팠지만 소년은 벌떡 몸을 일으켰다. 들개가 요란하게 짓는 소리가 점점 가깝게 들렸다. 황급히 손전등을 켜자 불빛이 벽에 걸린 녹슨 표지판을 비추었다.

지하 11번지, 13~24-B동

그리고 주위에 불빛을 비추자 방대한 지하 공간이 드러났다. 소년은 화들짝 놀라고 말았다. 소년이 있는 곳은 도시의 지하구역, 구세계 사람들이 도시의 이용 면적을 늘리기 위해 만든 공간으로 보였다. 한때 이곳은 편리한 장치와 빛나는 홀로그램 따위로 가득 차 있었을 테지만 지금은 그저 어둡고 복잡한 미궁일 뿐이었다.

그 미궁에서 소년이 들개에 대해 가지는 단 하나의 분명한 이점이 있었다. 소년이 인간이라는 것이었다. 이곳은 개가 아니라 인간을 위해 지어진 곳이었다. 소년은 닫힌 미닫이문을 열고 깨진 유리창과 낮은 펜스를 뛰어넘을 수 있었다. 흐릿한 간판과 화살표를 보고 출구를 찾을 수도 있었다. 하지만 개는 어둠 속에서 온갖 낯선 장애물에 둘러싸여서, 의미를 알 수 없는 불빛과 희미한 냄새에 의존해서 소년을 쫓아야 했다. 소년은 먼지 쌓인 옷이 잔뜩 진열된 물류창고 사이에서 불 꺼진 녹색 출구 간판을 찾아냈다. 그리고 들개와 달리 그 뜻을 이해했다.

소년은 간신히 지상으로 올라와 폐가 터질 듯이 숨을 몰아쉬었다. 밖은 어느새 비가 내리고 있었다. 들개는 쫓던 것이 사라진 것을 눈치채지 못하고 여전히 지하를 헤매고 있는지 짖는 소리가 조금씩 멀어졌다. 그래도 안심이 되지 않아 소년은 두 블록을 더 비틀거리며 달린 후에야 멈췄다. 빗줄기가 온몸을 적셨다. 열이 끓는 상태에서 비를 맞는 건 위험한 일이었다. 소년은 급히 강아지의 목덜미를 더듬어 항생제를 놓으려 했다. 하지만 그럴 필요는 없었다. 개는 이미 숨이 끊어져 있었다.

"아⋯⋯."

소년은 떨리는 손으로 차갑게 식은 강아지의 몸을 문질렀지만 아무 변화가 없었다. 작은 몸뚱이는 그저 뻣뻣하고 싸늘했다.

체온을 잃어선 안 된다는 생각이 든 것은 한참 후였다. 소년은 가까운 건물로 비척비척 걸음을 옮겼다. 다행히 문이 열려 있었다. 엄밀히 따지면 열린 것이 아니라 누군가 문을 걷어차 걸쇠를 부숴놓은 것이지만 소년은 신경 쓰지 않았다. 어차피 문을 잠그려 한 사람도, 문을 열려고 한 사람도 이미 죽은 지 오래일 것이다. 1층은 조그만 가게였는데 음식이나 생필품 따위는 조금도 남아 있지 않았다. 소년은 구석에 버려진 손수건을 찾아내 강아지의 몸을 덮어주었다. 손수건 한 장에 몸이 다 덮일 정도로 작았다. 소년은 젖은 옷을 벗어 주변에 내팽개쳤다. 감당할 수 없을 만큼 기분이 가라앉았다. 멀리서 들개의 슬픈 울음소리가 들려왔다.

한참이 지난 후 소년은 옷을 갈아입으려 반사적으로 등을 더듬었다. 그러나 만져지는 것은 축축한 맨등뿐, 배낭은 없었다. 몸에 지니고 있던 작은 보조 가방 외에는 아무것도 남지 않았다. 소년은 울지 않기 위해 노력했지만 눈물이 흐르는 것을 막을 수 없었다.

깜빡 잠이 들었다가 깨어났을 때는 새벽이었다. 비가 조금씩 잦아들고 있었다. 소년은 빗물을 조금 받아 마시며 정신을 차렸다. 피곤한 눈으로 조금씩 밝아오기 시작하는 거리를 내다보았다. 가게 앞에는 넓은 사거리가 있었다. 한쪽에는 나무와 벤치가 놓인 광장 같은 공간이 조성되어 있었고 도로에는 부서진 차들이 나뒹굴었다. 최후의 날, 도시에서 무슨 일이 있었는지 소년은 알지 못했다. 다만 고요하고 평화로운 마지막은 아니었던 게 분명했다. 도로 중앙은 바리케이드로 막혀 있었다. 곳곳에 부서지고 불탄 흔적이 역력했다. 뒤집힌 버스와 트럭, 일인용 승용차 사이로 익숙한 형태의 미니밴이 보였다.

소년은 헉 숨을 들이쉬며 창문에 바짝 붙었다. 어머니가 가지고 나갔던 바로 그 밴이었다. 소년은 밖으로 뛰쳐나갔다. 빗줄기에 몸이 다시 흠뻑 젖었다. 가까이 다가가서 보자 확신할 수 있었다. 바로 그 차였다. 크기도, 차종도, 색도 같았다. 밴은 엉

망으로 망가져 있었다. 더럭 겁을 먹은 소년은 운전석 창문 쪽으로 뛰어가 안을 들여다보았다. 유리는 지저분했고 물방울도 잔뜩 맺혀 있었다. 하지만 소년은 사람의 형체를 보았다.

"엄마?"

빗속에서 소년은 더 크게 외쳤다.

"엄마, 나예요. 엄마!"

형체는 미동도 없었다. 미친 듯이 손잡이를 잡아당겨도 문은 꿈쩍도 하지 않았다. 소년은 급히 주위를 둘러보았다. 인도를 덮었던 포석이 떨어져 나와 있었다. 소년은 자기 머리통만 한 돌을 집어 들어 창문을 내리쳤다. 첫 번째 시도에는 빗물에 손이 미끄러져 제대로 힘을 주지 못했다. 하지만 두 번째에는 유리에 금이 갔다. 세 번째, 네 번째 시도 끝에 요란한 소리와 함께 유리가 산산조각 났다.

"엄마!"

소년은 창문으로 머리를 집어넣었다가 비명을 지르며 떨어져 나왔다. 운전석에 있던 형체는 사람이 아니라 백골이었다. 하얗게 뼈만 남은 얼굴이 소년을 바라보고 있었다. 소년은 바닥에 주저앉아 사시나무 떨듯 떨었다. 빗줄기가 이마를 타고 흘러 눈으로 들어갔지만 닦을 엄두조차 내지 못했다.

다시 일어나는 데는 시간이 걸렸다. 운전석의 해골은 여전히 빈 눈구멍으로 섬뜩하게 소년을 보고 있었다. 소년은 모든 용기를 그러모아 깨진 유리창 안으로 조심히 손을 집어넣어 차 문을 열었다.

문이 열리면서 제대로 모습이 드러난 해골은 어머니가 아니었다. 뼈밖에 남지 않았지만 소년은 확신할 수 있었다. 소년이 처음 보는 낯선 옷을 입고 있었다. 그 체구와 차림새를 보니 구세계의 남성인 것 같았다. 안도감이 소년의 몸을 감쌌다. 어머니는 죽지 않았다. 어머니가 뼈만 남은 채, 어디에도 도착하지 못하고 길 한가운데에서 발견될 리 없었다. 어머니는 그럴 사람이 아니다. 어머니는 결코 그렇게 죽지 않을 것이다. 소년은 그 사실을 되뇌이며 차 내부를 살폈다.

어머니의 차가 아니었다. 차종은 같았지만, 이 차는 뒷좌석을 개조해 더 넓게 만들었다. 그렇게 넓게 만든 공간에는 휠체어가 실려 있었다. 휠체어 위에는 안전벨트로 보이는 검은 끈에 몸과 휠체어를 고정한 작은 해골이 하나 더 있었다. 소년은 운전석 옆, 동전이나 통행증 따위를 넣어놓은 작은 박스 안에서 반짝거리는 카드를 발견했다.

소년은 물을 뚝뚝 흘리며 가게로 돌아왔다. 보조 가방을 열어 어머니가 남기고 간 홀로그램 카드를 꺼냈다. 어머니의 카드에는 문양이 찍혀 있었다. 둥근 고리 안에 필기체로 H가 써진 로고였다. 소년은 차에서 발견한 카드를 다시 보았다. 그 카드에도 같은 로고가 그려져 있었다. 조심스럽게 카드를 뒤집자 뒷면에 각인된 글자가 반짝거렸다. 주소지였다.

*

소년은 보조 가방 안에 든 것을 확인했다.

날카로운 다용도 주머니칼 하나, 정수 알약 다섯 개, 단백질 바 일주일 치와 고체연료 한 세트, 손전등, 항생제 주사. 어머니의 책상에 있던 홀로그램 카드와 정체불명의 기계 그리고 테라리움.

소년은 물건을 소중히 품에 안고 미니밴에서 얻은 카드는 주머니에 쑤셔 넣었다. 단백질바 하나를 먹고 마지막으로 눈을 감은 강아지의 머리를 살며시 쓰다듬은 후 물웅덩이가 가득한 거리로 나섰다.

카드에 새겨진 문자와 숫자가 주소라는 것을 이해하자 복잡하고 이해할 수 없는 미로였던 도심은 바둑판만큼이나 합리적인 공간이 되었다. 목적지만 제대로 알고 있다면 계획도시는 길을 찾기 어려운 곳이 아니었다. 모든 길은 똑같이 생긴 교차로로 이어졌으며 골목마다 세워져 있는 표지판은 직관적인 숫자와 문자의 조합으로 현재의 위치를 표시했다.

소년은 한 시간가량 걸은 끝에 한 아파트 앞에 도착했다. 작고 낡았으며 외진 거리에 있었는데, 그 덕분에 종말의 소동에서도 떨어져 있었던 것 같았다. 다른 건물들과 달리 벽에는 군경의 총알 자국이나 시위대의 화염병 그을음이 없었고, 약탈자들이 유리창을 부수지도 않은 모양이었다. 옥상에는 반영구적으로 작동하는 태양광 배터리가 여전히 반짝거렸다.

미니밴에서 얻은 홀로그램 카드를 가져다 대자 아파트의 정문과 1층 집의 문이 열렸다. 아파트 계단에 경사로가 설치된 유일한 집이었는데 창문엔 창살이 달려 있었고 베란다는 아예 판자로 막혀 있었다. 소년은 긴장한 채 문을 열고 들어서며 혹시 위험한 것은 없는지 주위를 둘러보았다. 텅 빈 아파트는 고요했고 놀랍도록 잘 보존되어 있었다. 천장에는 물 샌 구석 하나 없었고 바닥은 깨끗했다. 거실에 놓인 소파는 벙커의 것보다 훨씬 푹신해 보였다. 너무 멀끔해서 물에 젖은 몸으로 들어간다는 것에 죄책감까지 느껴질 지경이었다. 소년은 진흙 범벅의 운동화를 신발장에 넣고 질척거리는 양말도 벗어 대충 발을 닦고 안으로 들어갔다.

작은 집이었다. 방 두 개, 부엌 하나, 좁은 거실. 창고에는 접이식 휠체어가 있었고 집의 모든 문에는 문턱이 없었다. 소년은 먼지투성이 소파에 털썩 앉았다. 몸이 아래로 끝없이 가라앉는 듯했다. 지난 한 달 동안 고속도로에서 야영했던 소년에게 소파는 솜털로 만들어진 늪처럼 느껴졌다. 소년은 잠깐만 눈을 감고 있다가 내부를 조사해야겠다고 생각하다 까무룩 잠이 들었다.

다시 눈을 떴을 땐 사방이 깜깜했다. 보름이었지만 구름 때문인지 달빛이 비치지 않았다. 소년은 보조 가방에서 손전등을 꺼내서 주위를 비추었다. 벽에 붙어 있는 전등 스위치가 눈에 들어왔다. 소년은 들어오기 전 보았던 태양광 배터리를 기억해냈다. 혹시나 싶어 카드를 가져다 대자 불이 환하게 켜졌다. 기계들이 웅 하고 돌아가는 소리가 나면서 난방이 들어오는지 바닥에 온기가 감돌았다. 오랫동안 잠들어 있던 집이 다시 깨어나는 것 같았다. 소년은 지저분한 겉옷을 벗어 옷걸이에 걸어두고 부엌으로 들어갔다.

작은 집에 걸맞게 단출한 부엌이었지만 소년은 그곳의 모든 것을 눈으로 음미했다. 이상한 일이었다. 벙커를 나온 지 얼마 되지도 않았는데 지붕과 가구가 제대로 갖춰진 곳에서 살았던 게 전생처럼 까마득했다. 소년은 다시 사람의 공간으로 돌아와 있었고, 이곳은 심지어 벙커보다도 아름다웠다. 소년은 가는 손가락으로 가죽 장식물이 붙어 있는 서랍을 매만지다가 천장에 걸린 실리콘 국자들을 톡톡 두드렸다. 벽에 휘감긴, 물과 가스가 들어오는 파이프들의 진동을 손바닥으로 느끼기도 하고 따뜻한 황갈색을 띠는 서랍을 쓱 쓸어보기도 했다. 이곳은 벙커와는 모든 것이 달랐지만 어딘가 그리울 만큼 친숙했다.

벙커는 철저하게 생존을 위해 만들어진 공간이기에 그곳의 모든 것은 쓸쓸하고 황량했다. 처음 벙커에 들어왔던 까마득한 어린 시절 소년은 동굴과도 같은 그곳이 두려워 밤이고 낮이고 겁을 먹고 울기만 했다. 어머니는 처음엔 어떻게 해야 할 줄 몰라 당황했으며 서툴게 어르고 달래다가 종국엔 인내심을 잃고 화를 냈다. 하지만 결국엔 소년을 끌어안아주었다.

그들은 천천히 벙커에, 서로에게 적응해나갔다. 어머니는 소년이 벙커에 익숙해질 수 있도록 소년의 방을 장식해주었다. 벙커의 창고에서 그림과 장식품들을 찾아내 소년의 방을 꾸몄고 실용적인 철제 가구들을 화려한 색으로 도색하고 날카로운 끄트머리들을 전부 갈아버렸다. 어머니가 사용하던 물감을 눈여겨보던 소년이 손바닥을 붓 삼아 가구와 그림을 온통 얼룩투성이로 만들었던 날엔, 화를 내는 대신 좋은 생각이라는 듯 방의 벽 한 면을 통째로 비우고 소년이 마음껏 벽화를 그릴 수 있도록 해주었다.

그것은 소년에게 좋은 기억으로 남아 있었다. 비록 어머니가 소년의 방에 넣어주었던 그림과 장식물들이 사실 최후의 날을 대비해 벙커에 보관되어 있던 예술품들이었고, 소년이 물감을 칠해 망가뜨렸던 물건 중 몇 가지가 세계문화유산인 것을 알게 된 날에는 미묘한 양심의 가책을 느끼기도 했었다. 하지만 그런 시간이 있어 벙커는 둘의 공간이 될 수 있었다. 벙커의 방 하나하나가 그들의 손으로 다듬어져 있었다.

이 아파트 역시 마찬가지였다. 찬장의 손잡이는 맨들맨들하게 손때가 끼었고 바닥은 휠체어의 궤적대로 움푹 파여 있었다. 식탁에는 동그랗게 타거나 긁힌 자국이 있었는데 여러 색깔의 퀼트 공예물이 그 자국을 가려주고 있었다. 거실 탁자에 깔린 보자기와 곳곳의 목제 장식물에 찍힌 문양이 유사했다. 직접 만든 모양이었다. 집의 모든 곳에서 한때 이곳에 살았던 사람들이 공간을 제 마음대로 길들인 흔적이 느껴졌다. 이곳은 몸의 모양대로 눌린 침대처럼, 손목에 딱 맞춰 길이 든 시계처럼 그들에게 편안했을 것이다.

소년은 부엌에서 나와 작은방으로 들어갔다. 그 방 역시 거주자가 살던 방식대로 눌려 있었다. 수납공간이 포함된 싱글 침대가 창문가에 있고 책장에는 빛바랜 종이책이 가득했다. 소년은 책 한 권을 꺼내 펼쳐보았다. 그 순간 책상 위가 밝게 빛나더니 맞은편 벽에 화면이 떠올랐다.

방 주인이 사용하던 컴퓨터였다. 책상의 먼지를 쓸어내자 희미하게 빛나는 키보드가 보였다. 다소 구형이었지만 오히려 잘된 일이었다. 벙커의 컴퓨터 역시 안정성을 위해 구형 모델을 사용했기에 소년은 이런 사양이 더 익숙했다. 조심히 진행키를 누르자 화면이 바뀌며 글자가 떠올랐다.

환영합니다. HW. LEE님.
생체 인증을 진행하겠습니다. 손을 내밀어주세요. ☺

HW. LEE. 이곳에 살던 사람의 이니셜인 모양이다. 소년은 궁금했다. 결코 만난 적 없고, 만날 수도 없을 이 사람의 이름이.

소년은 아마 손을 얹어야 할, 책상의 인증 패드 부분에 흘끗 시선을 주었다. 그의 생각은 이내 백골이 된 남자의 모습에 가닿았다. 컴퓨터를 켜는 데 필요한 혈관과 근육은 이미 썩어 흙으로 돌아갔다. 소년은 인증 패드를 무시하고 컴퓨터 화면을 터치했다. 화면이 손가락 움직임에 따라 시시각각 바뀌었다. 오래지 않아 2차 접속 페이지가 나타났다. 가볍게 터치하자 새로운 글자가 떠올랐다.

비밀번호를 입력하세요.

비밀번호 칸은 네 자리였다. 숫자만 입력할 수 있었다. 소년은 가장 먼저 떠오르는 조합을 눌러보았다.

―1234

아니었다. 그 정도로 단순한 사람은 아니었던 모양이다. 소년은 주위를 둘러보고 책꽂이에서 가장 먼저 보인 숫자를 다시 입력했다.

―1984

아니었다. 소년은 시험 삼아 몇몇 무작위 조합의 숫자를 시도해보았지만 전부 틀렸다. 소년은 뒷머리를 긁적이며 생각에 잠겼다. 비밀번호 오류 횟수에 제한이 있을지도 모르니 좀 더 신중히 시도해야 했다. 책상을 둘러보자 이런저런 물건들이 눈에 들어왔다.

책상 오른쪽에 형형색색으로 반짝이는 유리알 같은 사탕이 담긴 통이 있었다. 필기구들도 오른편에 놓여 있는 걸 보니 오른손잡이였던 모양이다. 소년은 관상식물이 말라 죽은 화분 근처에서 사진 한 장을 발견했다. 얇은 강화 플라스틱에 인쇄된 사진이었다. 드문드문 햇빛에 잉크가 날아간 부분이 있었지만 아직 선명했다. 체격이 크고 잘생긴 남자가 휠체어를 탄 여자 옆에서 활짝 웃고 있었다. 남자는 부드럽게 휘어진 짙은 눈썹으로 강아지처럼 해맑은 미소를 지었다. 여자 쪽이 나이가 더 많았다. 이목구비가 닮은 것을 보아 가족인 것 같았다. 소년은 사진을 뒤집었다. 검은 글자가 뒷면에서 반짝거렸다.

시간은 우리가 어찌할 수 없는 것이지만
미래는 우리가 어찌할 수 있는 것이기에.
너무 슬퍼하지도, 절망하지도 않길 바라며
너를 사랑하는 사람이 너의 서른 번째 해를 축하한다.
—2078. 09. 30

가슴이 두근거렸다. 누군가가 여기 살았었다. 집 안 물건들에 남아 있는 흔적을 발견하는 것과 이런 글귀를 직접 보는 것은 차원이 달랐다. 살아 있던 사람이, 다른 살아 있던 사람에게 사랑을 담아 쓴 글이었다.

아마 사진 속 휠체어를 타고 있는 여자가 남자에게 준 선물인 것 같았다. 사진 속 그들은 미니밴 안에서 어디에도 가지 못한 채 새하얀 해골이 되어 죽었다. 소년은 그들이 어머니가 아니라는 이유로 기뻐했던 자신이 한순간 부끄러워졌다.

소년은 양심을 따끔거리게 하는 글귀를 피해 날짜를 눈에 담았다. 그것도 숫자였다. 휠체어를 탄 여자를 보며 소년은 어머니를 떠올렸다. 어머니는 벙커 내부의 몇몇 구역 비밀번호를 소년이 직접 정하게 해주었다.

"네게 의미 있는 단어로 암호를 정하렴."

"암호는 무작위로 정하는 게 더 안전하지 않나요?"

소년이 물었다. 얼마 전 보안에 관한 책을 읽은 참이었다.

"안전의 정의는 시대에 따라 다르지."

어머니는 전쟁에 대한 짧은 이야기를 들려주었다. 소년 역시 전쟁에 대해 알았다. 지구의 기후가 망가지고 빙하가 녹아 해안선이 차오르기 시작하며 전 세계에서 전쟁이 벌어졌다. 최악의 시기에는 부족한 식량 때문에 살던 지역에서 떠난 사람들이 수십억에 달했다고 했다.

그러나 어머니가 말한 것은 더 옛날, 사람들이 서로를 죽일 때 좀 더 그럴듯한 이유를 가져다 붙일 여력이 있던 시기의 이 야기였다. 군인을 피해 나라의 끝에서 끝으로 도망갈 때, 대부 분의 사람들은 곳간 문을 꼭꼭 잠그고 귀중품을 천에 싸매 땅에 묻어두거나 머리에 이고 갔다고 했다. 그러나 어떤 사람들은 다 른 피난민들이 배를 채울 수 있도록 곳간의 문을 열어둔 채 떠 나기도 했다고 어머니는 이야기했다.

"기계나 해킹툴을 이용하는 이들 앞에선 암호를 무작위로 정 하든 정하지 않든 큰 차이가 없어. 하지만 너라는 사람을 통해 암호를 알아내려 하는 사람들은 이야기가 다르지. 물론 보안을 생각하면 그들을 막는 게 낫겠다만, 우리는 힘든 시대를 살고 있잖니. 이런 때에 너를 이해하려고 노력하고 네 마음속에 있는 단어가 뭔지 알아내려고 하는 이들이라면…… 그냥 열어주렴."

그래서 소년은 그렇게 했다. 소년이 암호로 정한 것은 좋아하 는 책의 제목, 자신의 생일 그리고 어머니의 이름이었다.

소년은 집주인이 직접 용접한 듯 어설프게 만들어진 아파트 창의 쇠창살을 보았다. 유리창은 강화유리인 듯했다. 밖에선 안 을 볼 수 없도록 코팅까지 되어 있었다. 아파트 외부는 최후의 날의 소동에 영향을 받지 않았는지 깨끗했지만, 이 집에 살던 이들은 이곳이 안전하다고 느끼지 못했음이 분명했다.

소년은 아마 남자의 생일임이 분명한 사진 속 날짜를 비밀번 호 칸에 입력했다.

—0930

아니었다. 소년은 자리에서 일어나 반대편 방으로 건너갔다.

반대편 방은 조금 더 넓었고 바닥엔 휠체어 자국이 남아 있었다. 책상과 침대는 휠체어가 들어가기 편하게 설계되어 있었다. 소년은 주의 깊게 방을 살펴보다가 침대 머리맡에서 태양광 배터리와 연결된 사진첩을 발견했다.

전원 버튼을 누르자 허공에 홀로그램이 떠올랐다. 주인이 편집해둔 순서에 따라 사진 슬라이드가 천천히 흘러갔다. 사진 속에서 여자와 남자가 같이 나이를 먹어가고 있었다.

소년은 그 시간 동안 변하지 않는 것을 발견했다. 휠체어였다. 소년은 슬라이드를 멈추고 사진을 확대해보았다. 휠체어 뒷면에 무언가 적혀 있었다. 등록번호였다. 소년은 화질이 좋은 최근 사진으로 옮겨 다시 확인했다. 이번엔 번호가 확실히 보였다. 0410.

소년은 남자의 방으로 돌아와 숫자를 입력했다.

—0410

화면이 넘어갔다. 소년은 오랜만에 작은 성취감을 느꼈다.

가장 먼저 보인 것은 어지럽게 펼쳐진 파일이었다. 컴퓨터의 주인은 데이터를 잘 정리해둘 생각이 조금도 없었던 것 같았다. 소년은 언제나 깔끔했던 어머니의 컴퓨터를 생각하며 앓는 소리를 냈다. 그러다 아무 파일을 하나 열어보았다.

처음 연 것은 무슨 내용인지 알 수 없었다. 일종의 학술자료처럼 보였는데 반은 영어로, 반은 소년이 처음 보는 수학 수식들로 적혀 있었다. 다른 파일들도 열어보았지만 대부분 비슷했다. 너무 전문적이고, 알아볼 수 있는 단어는 거의 없었다.

소년은 미간을 찌푸렸다. 이러면 기껏 컴퓨터를 켠 보람이 없었다. 소년은 파일을 한 번에 잔뜩 선택해 동시에 열었다. 수십 개의 창이 떠오르며 벽에 빔으로 투사되고 있던 화면이 확 넓어졌다. 소년은 창을 훑어보며 조금이라도 알아볼 수 있는 것을 찾았다. 그때 문서 하나가 소년의 눈에 들어왔다. 내용은 여전히 이해하기 힘들었지만, 문서의 맨 위에 낯익은 로고가 찍혀 있었다.

어머니가 남기고 간 카드와 이 집 문을 연 카드에 찍혀 있던, 은빛 고리 안에 H가 적힌 로고. 그 순간 어디서 남자 목소리가 들려왔다. 소년은 화들짝 놀라 일어서다 의자를 넘어뜨렸다.

안녕, 세이렌. 이 프로그램을 사용하는 것도 오랜만이네.

소년은 주위를 둘러보았다. 아무도 없는데 목소리는 계속 들렸다. 소년은 겁에 질려 숨을 곳을 찾다가 양손을 올려놓은 책상이 웅웅거리며 진동하고 있다는 사실을 뒤늦게 깨달았다. 스피커였다. 음성 파일이 재생된 모양이었다. 괜한 호들갑을 떨었다는 부끄러움에 소년의 뺨이 달아올랐다. 음성은 계속 재생되었다.

 ……위험을 무릅쓰고 어머니를 병원에 모시고 가기로 했어. 어머니가 증상을 보였어. 각오하고 있던 일이야. 우린 처음부터 그 배급품을 먹었으니. 지난번 발작 때 휠체어에서 떨어져 골반뼈가 부러졌어. 이제 제대로 앉지도 못하고 누워서도 계속 고통스러워하셔. 더 방치했다간 정말 큰일이 날지도 몰라. 물론 봉쇄령까지 떨어진 마당에 이 난리를 뚫고 병원까지 가는 건 정말 위험하지만 최소한…….

목소리는 잠시 멈췄다가 다시 이어졌다. 살짝 떨리고 있었다.

 괜찮겠지. 오늘 군대가 다시 도시에 진입한다고 하니 내일 아침에는 출발할 수 있을 정도로 거리가 안전해질 거야. 그러니까 괜찮겠지. 괜찮을 거야…… 괜찮아야 해.

마지막은 스스로에게 하는 말 같았다. 화면에는 여전히 창이 빼곡했다. 소년은 하나하나 끄며 음성 파일을 찾았다. 오래지 않아 소년은 처음 보는 이름의 프로그램을 발견했다. 귀에 무언가를 속삭이는 입처럼 생긴 픽토그램이 배경을 장식하고 있었다. 언뜻 보면 대문자 S처럼 보였다. 프로그램 안에는 오디오 데이터가 수십 개 들어 있었다.

소년은 데이터의 날짜를 확인했다. 프로그램이 열리며 자동으로 최근 것을 재생한 모양이었다. 맨 처음으로 녹음된 시기는 2074년이었다. 방금 재생된, 제일 마지막으로 녹음된 때는 2092년이었다. 소년은 처음으로 녹음된 것을 열었다. 2074년 8월 10일.

아, 아. 어디 보자, 이거 녹음되는 건가? 모르겠다. 되겠지, 뭐.

안녕, 세이렌. 피도 눈물도 없는 백절불굴의 기업 여러분. 이렇게 부르면 될까? 대체 나 같은 소시민들의 음성 샘플을 원하는 이유를 짐작도 못 하겠네.

음, 아니, 진짜로. 어디에 팔아넘길지 짐작도 못 하겠어. 제발 국정원은 아니었으면 좋겠다. 요즘 같은 때 그쪽에 꼬투리라도 잡혔다간…… 상상도 하기 싫어. 내 목소리를 신형 보이스 엔진 발음 개선에 쓰는 정도라면 좋겠지만……. 뭐, 나야 한 번에 1분씩 음성 기록을 남기면 포인트를 준다니 거절할 이유가 없긴 한데.

책상이 진동하며 목소리가 흘러나왔다.

난 지금 진짜 포인트 한 푼이 아쉽단 말이야. 인도-파키스탄 전쟁 때문에 올해부터 쌀이랑 식수 같은 생필품을 배급제로 돌린대. 믿어져? 배급이라고. 내 친구들 중에 절반은 배급품 보이콧에 참여하기로 했어. 배급을 거부하면 정부가 어쩔 수 없이 배급제를 철회할 거라고 믿나 봐. 걔들은 너무 낙관적이야. 나머지 절반은 너무 비관적이라서 생필품이 아닌 물건까지 사재기하기 시작했어. 조만간 정부가 계엄령을 선포할 거라나 뭐라나.

난 둘 중 어느 쪽도 아니지만 어머니 때문에라도 만일의 경우에 대비는 해야 해. 재작년부턴 장애인 지원금도 사실상 폐지됐고……. 젠장, 이제 전동 휠체어가 고장이라도 나면 우리가 비용을 전액 부담해야 해. 말이 돼? 대학원생 수입으로 그걸 감당하기엔 무리야. 아직 학자금 대출도 다 못 갚았는데. 아무리 절박하다지만 사람들이 신생 극우정당을 그렇게 전폭적으로 지지할 줄은 몰랐어.

이제 장애인이나 기초생활수급자, 난민들을 '취약 계층'이라고 부르면 안 된대. '충분히 취약하지' 않다는 거야. 이제 장애인들은 취약 계층이 아니라 '특별관리 계층'이야. 언론에서도 그렇게 부르고 있어. 어머니는 신경 쓰지 않으시는 눈치지만 진짜 신경을 안 쓰는 건지, 나한테 괜한 부담을 안 주려는 건지 모르겠어.

……모르겠다. 내가 뭔가를 해야 했을까? 하지만 내가 뭔가

를 한들, 바뀌긴 했을까?

그는 잠시 말을 멈췄다가 과장되게 유쾌한 목소리로 말했다.

　뭐, 이제 와 뭘 어떻게 하겠어. 이걸 다 훔쳐 듣고 계실 관리자 여러분. 제발 정부에만 찌르지 말아주세요. 비록 개판이 되긴 했지만 전 아직 우리나라를 사랑한답니다. Vive la Corée!

첫 음성 기록은 거기에서 끝났다.

　소년은 순차적으로 파일을 재생했다. 남자는 처음에는 날카롭고 비꼬는 투로 기록했다. 마치 세이렌이 학자금 대출의 이자율을 높이고, A레일에 설치된 휠체어 발판을 없애기라도 했다는 듯이. 하지만 시간이 지날수록 그의 목소리는 점차 편안해졌고, 심지어 세이렌이 자신의 친구라도 되는 것처럼 친밀하게 말을 걸기도 했다. 소년은 이것이 인간의 본성인지 궁금해졌다.

　'결국 사람은 말을 들어줄 누군가를 간절히 바랄 수밖에 없는 걸까? 그게 조그만 일기장 키티이든, 기업체에서 만든 어플 세이렌이든, 아니면 죽음의 화신인 검은 개이든.'

　어쨌든 세이렌 덕분에 소년은 남자의 일상에 대해 알 수 있었다. 그는 오랫동안 경기도에서 살았고("다행히 우리 집은 수몰되지 않아서 거주 가능 지역에 포함되었어. 랩실 출근이 좀 오래 걸리긴 하지만 서울

지하구역으로 옮겨가야 하는 것보단 낫지.") 어머니와 공원에 산책을 나가는 것을 좋아했으며 ("한 번만 더 주말에 소나기가 오면 울어버릴지도 몰라. 내 유일한 낙인데.") 학교에선 연구와 실험을 반복했다("올해 안에 SCI급 논문 하나는 내는 게 목표야. 아, 네이처 같은 데 올려보면 소원이 없겠다……").

오늘은 좋은 소식이 있어. 맞춰볼래? 여태껏 내 이야기를 실컷 들었으니 그 정도는 맞춰야지.

남자는 마치 친구라도 되는 것처럼 세이렌에게 말했다. 그는 잠시 뜸을 들이다 짜잔, 입으로 효과음을 냈다.

이 몸이 무려 국립과학기술연구소에 취직했어! 정부출연연구기관이야. 그것도 헨리에타 연구소. 신생 연구소이고 강원도로 이사도 가야겠지만 요즘 가장 핫한 곳이야. 월급이랑 추가 배급품도 두둑이 나오고 가족 병원비도 지원받을 수 있어! 내 스펙으로 어떻게 합격했는지 모르겠다. 출국 허가제 때문에 유학도 못 갔다 왔는데. 운이 진짜 좋았어. 다음 달부터 첫 출근이야. 팀원들한테 인사도 하고 본격적으로 헨리에타의 자료를 받게 될 거야.

잠깐, 이런 거 이야기해도 되나? 음…… 아직 비밀유지서약

서에 서명 안 했으니까 괜찮겠지. 그래도 기분은 정말 좋다. 생일 때 어머니가 아직 사고 보상금 남은 게 있으니 너무 조급해하지 말고 장래에 대해 천천히 생각해보라고 했지만 그래도 초조했단 말이야. 내가 쓸모 있는 사람이라고 증명한 기분이야.

'헨리에타 연구소?'

소년은 H 로고가 찍힌 카드를 흘끗거리며 다음 파일을 열었다. 다음, 또 다음. 그러나 남자는 자신이 하는 일이나 연구소에 대해 더 이상 언급하지 않았다. 딱 한 번, 상사에 대해 험담을 한 것이 전부였다.

얼마 전에 승진해서 융합2팀으로 가게 됐어. 좋은 일이야. 이러니저러니 해도 거기가 핵심 연구팀이니까. ……그래, 좋은 일이지. 근데 젠장, 팀장이 진짜 마음에 안 들어. 처음 만난 자리에서 내가 6년 전에 N 교수님 밑에서 박사를 땄다고 하니까 뭐라고 하는 줄 알아? "아, 그분." 그리고 나를 위아래로 훑어보더니, "그럼 알고리즘 논리학 전공이었겠군요. 그건 다행이긴 한데…… 솔직히 그 대학은 필드에서 썩 인상적이지 못하던데, 여기서 제대로 할 수 있겠어요? 유학 한 번 안 갔다 왔다고 하지 않았던가?" 이러는 거야!

망할, 내 출신을 보지 말고 결과를 보란 말이야! 난 여기서 한 번도 실수한 적 없어. 기계가 스스로 만들어낸 명령어를 연구하는 알고리즘 논리학은 인공지능 연구 중에서도 아주 최근에 생긴 분과라 초반에 헤맸던 건 모든 대학이 다 그랬어.

그리고 출국 허가제 이후로 유학을 다녀올 수 있던 사람이 대체 몇이나 된다고! 갈 수 없으니까 비대면 컬로퀴엄으로라도 계속 참여했단 말이야! 그런데도 그런 식으로 말하다니. 그 여자가 정치인 아버지 빽으로 연구소 들어온 걸 모르는 사람이 없는데, 어떻게 그렇게 무례하게 굴 수 있지?

남자는 씨근거리다가 화를 다스리려는 듯 숨을 골랐다.

하…… 그래도 마르잔 씨랑 같이 일하게 된 게 그나마 위안이지. 아니었으면 어떻게든 부서 이동 신청했을 거야. 팀이 유지되는 건 전부 그분 덕분이야. 팀장이 깽판 쳐놓은 거 전부 수습하고 다니셔. 둘이 친하다는 게 우리 팀의 제일 큰 미스터리야.

그게 끝이었다. 남자는 불평을 조금 늘어놓다가, 저녁에 라자냐를 만들려 한 이야기로 주제를 돌렸다. 배양육 연구가 성공한 뒤 배급품에 도저히 채소가 나오지 않아 암시장에서 버섯과 토마토를 구하려고 웃돈을 얹어줬다는 이야기였다.

그 뒤로는 연 단위로 일기가 띄엄띄엄 이어졌다. 연구소 일이 바빠졌거나, 월급이 늘어 세이렌이 주는 포인트가 절박해지지 않은 것 같았다. 그래도 소년은 마지막 파일까지 전부 들었다.

남자와 어머니의 카드에 있는 H 로고. '헨리에타'라는 사람이 있다는 국립연구소. 그것들은 어떤 식으로든 연관이 있는 게 분명했다. 벙커에 있던 미니밴과 남자의 미니밴이 똑같이 생긴 것도 우연이 아닐지도 몰랐다.

'어쩌면 그 연구소 물건일지도…….'

소년은 불현듯 허기를 느꼈다. 30시간 동안 단백질바 하나밖에 먹은 게 없었다. 몸에 힘이 들어가지 않는 이유는 그 때문일 것이다. 부엌으로 향해 냉장고를 열자 말라비틀어진 음식의 잔해 위에 곰팡이가 수북이 피어 있었다. 새하얀 실 같은 균사가 마치 안개꽃처럼 곳곳을 뒤덮고, 썩어버린 음식에서 흘러나온 액체가 새까맣게 말라붙어 있었다.

소년은 냉장고를 도로 닫고 부엌을 뒤지다가 싱크대 아래에서 천으로 덮어둔 통조림 더미를 찾아냈다. 미트볼 통조림 두 개, 소고기미역국 통조림과 육포 통조림 작은 것 하나씩, 찐쌀을 담은 통조림 한 개와 버섯야채볶음 통조림이 두 개. 소년은 먼저 통조림 밑면에 적힌 제조 기간을 확인했다. 2088. 12. 21. 대략 20년 전 물건이었다. 구세계에서 생산된 통조림의 소비기한은 30년 이상이니 이건 먹을 수 있었다.

그러나 소년은 통조림을 뜯기 전 손을 멈췄다. 어머니는 소년에게 최악의 일이 일어나 벙커 밖으로 나갈 경우 지켜야 할 수칙을 알려주었다. 그중 먹을 수 있는 음식을 고르는 기준에 관한 것도 있었다.

미트볼은 먹으면 안 된다. 버섯은 괜찮았다. 찐쌀은 먹을 수 있었다. 미역국은 먹을 수 없다. 육포는 절대 안 된다.

어머니는 그 이유까지는 알려주지 않았다. 이유 말고도 기억해야 할 것이 너무나 많았다. 어머니는 생존 수칙은 묻지 말고 무조건 따르라고 가르쳤고 소년은 그렇게 했다. 그러나 막상 혼자 남게 되자 의문이 드는 걸 막을 수 없었다. 소년은 슬며시 미역국 통조림을 들어 올렸다. 표면에 프린트된 음식 사진이 너무나 먹음직스러워 보였다. 어머니는 왜 이걸 먹으면 안 된다 했던 걸까, 소년은 고민했다.

"그야 그걸 먹으면 넌 죽을 테니까."

갑자기 들린 목소리에 놀란 소년이 벌떡 일어서다 싱크대에 머리를 부딪혔다. 뒤에서 간드러진 웃음이 터져 나왔다. 핑 도는 눈물을 삼키며 뒤를 돌아보자 새카만 고양이 한 마리가 꼬리를 살랑이고 있었다. 고양이는 왕방울만 해진 소년의 눈을 보며 다시 웃었다.

"왜 그렇게 놀라니 꼬마야? 말하는 검은 개가 있는데, 말하는 검은 고양이가 그렇게 놀라워?"

고양이는 우아하게 앞발을 들어 혀로 핥았다. 털은 칠흑처럼 새까맸고 눈은 타오르는 석탄처럼 붉었다. 고양이의 천연덕스러운 행동은 소년에게 그때를 떠올리게 했다. 처음으로 벙커를 나왔던 날, 수풀에서 걸어 나온 검은 개가 무엇이 이상한 일이냐는 듯 안온한 어조로 말을 걸며 스스로를 '죽음'이라 소개한 순간.

"너도 죽음이구나."

소년이 중얼거렸다. 그건 질문이 아니었다. 고양이는 소년의 말을 어떻게 받아들였는지 다시 한번 키득 웃었다.

"그래, 우리 고양이들도 죽을 때 누군가 곁에 있어줘야 하지 않겠어. 만나서 반가워, 사람의 생존자."

"검은 개가 보낸 거야?"

소년이 침착하게 묻자 고양이는 기가 막힌다는 듯 눈을 동그랗게 뜨며 진저리치는 시늉을 했다.

"뭐? 무슨 말도 안 되는 소리. 우린 그런 사이 아니야. 걘 날 싫어한다고. 허구한 날 나한테 잔소리지. 내가 법칙 알기를 뭐처럼 여긴다고 말이야. 죽어가는 고양이를 변덕 때문에 살려주지 마라, 산 것 눈에 자꾸 얼쩡거리지 마라. 하, 걘 내가 숨만 크게 쉬어도 법칙에서 어긋난다고 뭐라고 할 거야!"

검은 고양이는 낮게 으르렁거리는 개의 모습을 흉내 내다가 파핫 웃음을 터뜨렸다. 가늘게 휘어진 붉은 눈동자가 소년에게 닿았다.

"뭐 묻은 개가 겨 묻은 고양이 나무란다고. 네 곁을 맴도는 죽음이 그 녀석일 줄은 몰랐는걸."

소년은 눈썹을 찌푸렸다. 누군가 검은 개를 나쁘게 말하는 게 듣기 좋지 않았다. 어머니가 사라진 후 유일하게 소년의 곁에 있어준 존재였으니까.

"걘 지금 여기 없어."

"알아, 아까 봤으니까. 그 녀석이 빙의까지 해가면서 인간의 생사에 간섭하다니. 새삼 오래 존재하고 볼 일이야. 진짜 개가 아니라 단순히 개 모양을 한 것에 불과한 물건에 깃드는 건 힘이 많이 들었을 텐데 말이야. 지금 머리가 어질어질할걸. 널 다시 찾아낼 때까지 시간이 좀 걸리겠지."

고양이는 말했다. 소년은 사나운 들개와 자신 사이를 가로막았던 기계 개를 떠올렸다. 그러자 막연하게 안도감이 들었다. 개는 자신을 떠나지 않았다. 단지 자신을 도와주기 위해 했던 일 때문에 회복하고 있을 뿐이다. 고양이는 눈을 가늘게 뜨며 흐음, 소리를 냈다.

"그럼 너는 여기 왜 온 거야?"

소년의 물음에 고양이는 과장되게 놀란 표정을 지었다.

"왜 왔냐니? 난 그냥 옛날에 알던 사람 집에 들른 거야. 거기 우연히 네가 있는 거고."

"네가 알던 사람?"

희망적이면서 동시에 의심스러운 진술이었다. 어쩌면 자신만 몰랐을 뿐 초자연적인 존재가 보이는 것은 구세계에서 흔한 일이었을 수도 있다. 하지만 고양이는 고개를 휘휘 저었다.

"나 혼자 일방적으로 알던 사이긴 했지만 그것도 '아는' 거긴 하지. 이 집에 살던 여자는 아들이랑 같이 길고양이들에게 밥을 주거나, 미등록 동물 정기 살처분 기간에 자기 집에 숨겨주는 걸 좋아했어. 덕분에 나도 곁에서 그 여자가 어떻게 사는지 좀 지켜볼 수 있었지. 그리 나쁘지 않은 삶이었어. 비록 비참하게 죽긴 했지만 한 인생의 가치가 죽음으로 결정되지는 않으니까."

"넌 꼭 사람에 대해 잘 아는 것처럼 말하네."

"그럼 잘 알지. 그래서 그 외로운 강아지 녀석이 날 싫어해. 산 것과 죽은 것, 종과 종 사이의 경계를 흐려놓는다나. 웃기지 않아? 고양이가 선을 넘는 게 뭐 이상한 일이라고. 너 철조망이 둘러져 있다고 담을 넘는 걸 포기한 고양이를 본 적 있니?"

"난 고양이를 본 적이 없어."

소년이 본 고양이는 뮤지컬 〈캣츠〉 실황 녹화본이 전부였는데, 그걸 두고 고양이를 봤다고 말할 수는 없을 것 같았다. 고양이는 눈썹을 치켜 올리고 안쓰럽다는 듯 소년을 바라보았다. 얇고 검은 수염이 파르르 떨렸다.

"그렇구나. 안됐네, 얘야. 네가 마지막으로 남은 인간이라는 게 정말 유감이야."

"그게 무슨 소리야?"

"이런, 내가 괜한 소리를 했나?"

고양이는 꼬리를 느리게 흔들며 말했다. 배 속이 싸늘하게 얼어붙는 듯했다. 소년이 한 발 다가가자 고양이는 번개처럼 몸을 일으켜 창틀로 뛰어올랐다. 창은 바깥으로 살짝 열려 있었다. 고양이는 경고의 눈빛으로 소년을 바라보며 고개를 살짝 가로 저었다. 소년은 양 손바닥을 앞으로 내밀어 해칠 의도가 없다는 뜻으로 펼쳐 보였다.

"설명해줘…… 부탁이야."

"공손한 부탁은 언제나 효과가 있지."

고양이는 매끄럽게 말했다.

"말 그대로야, 꼬마야. 네가 마지막 인간이야. 이 세계에 이제 '다른 인간'은 없어. 단 한 명도. 모두 죽었어. 전쟁, 식량 부족, 오염. 그리고 그 밖의 많은 것들 때문이지. 네가 최후의 생존자야."

소년의 심장이 덜컥 내려앉았다. 그럴 리가 없었다. 그랬다면 검은 개가 이야기해주지 않았을 리 없었다. 소년은 주먹을 꼭 말아 쥐었다.

"네가 그걸 어떻게 아는 거야? 검은 개는 자기가 인간에 대해서는 모른다고 했어. 자긴 개의 죽음이라고. 그럼 넌 고양이에 대해서밖에 몰라야 하잖아."

"내 말 잘 들으렴. 첫째, 죽음을 너무 믿진 마. 우린 정직하지도 공정하지도 않아. 둘째, 나는 그 꽉 막힌 강아지와 달라. 녀석보다 규칙에 집착하는 건 인간의 죽음밖에 없을걸. 하, 사실 규칙에 그토록 집착하는 건 인간과 개밖에 없지……. 셋째, 그 녀석은 개의 '죽음'이야. 죽음에 관해서라면 아주 잘 알아. 살아 있는 인간이 모두 죽었다는 걸 그 녀석도 알고 있어. 왜 녀석이 너와 같이 다닌다고 생각했니?"

그렇게 말하는 고양이의 얼굴에 웃음기라곤 전혀 없었다. 고양이는 통조림을 향해 우아하게 턱을 기울였다.

"충격을 줘서 미안하구나. 하지만 끝까지 가보렴. 헨리에타를 찾아봐. 네가 어떻게 될지 나도 궁금하거든."

검은 고양이는 분홍색 혀를 날름거린 후 창문을 통과해 그대로 나가버렸다. 소년은 혼자 남았다.

고독은 오래가지 않았다. 문 앞에서 멍멍하고 짖는 소리가 들렸다. 문을 열었다. 새벽의 푸르스름한 빛 사이로 커다란 검은 개가 앉아 있었다.

"어지러워죽겠네."

검은 개는 커다란 혀로 코를 핥으며 투덜거렸다.

"다시는 그런 짓 안 할 거야. 아무리 네 부탁이라고 해도……. 들어가도 돼?"

"내 허락이 필요해?"

"꼭 그런 건 아니지만 예의지. 나도 사람들이 어떻게 하는지 대충은 안다고."

지금 검은 개는 소년과 눈높이가 비슷할 정도의 몸집이었다. 소년은 대답하지 않았다. 검은 개는 필요 이상으로 이어지는 고요함에 인상을 찌푸렸다. 개는 집 안으로 삐죽 고개를 내밀고는 촉촉한 검은 코를 씰룩였다.

"고양이 냄새가 나는데."

"고양이가 왔다 갔어."

개가 킁, 콧바람을 불었다.

"안 마주쳐서 다행이다. 너한테 이상한 말 하진 않았지?"

"했어."

지난 몇 달 동안 소년은 개에게 많이 의지했었다. 홀로 남은 세상에서 비록 온기는 없을지언정 손가락 사이에 닿는 부드러운 털의 감촉은 소년에게 안도감을 주었다. 그래서 소년은 검은 개에게 기회를 주고 싶었다.

"인간이 멸종했다고…… 그래서 네가 내 곁에 있는 거라고."

검은 개는 눈만 흘끗 돌려서 소년을 보았다. 마치 잘못을 저지른 개가 짓는 표정 같았다. 하지만 눈앞의 개는 착하고 작은 강아지가 아님을 소년은 알고 있었다.

검은 개는 우물쭈물 말했다.

"그건 사실이야."

"사실이라고?"

소년의 표정이 풀리지 않자 검은개의 목소리가 다급해졌다.

"하지만 들어봐. 나쁜 의도는 아니었어. 나는 인간을 좋아해. 그래서 그들이 완전히 사라지기 전에 곁에서 지켜보고 싶었어. 네가 마지막으로 남았다는 걸 알았을 때, 그래서 찾아갔지. 네가…… 나를 볼 수 있을 줄은 상상도 못 했어. 일단 너와 인사를 나눈 이상 네 곁에 있어줘야겠다고 생각했지. 그게 다야. 그냥 곁에 있고 싶었던 것뿐이라고. 무슨 속셈이 있던 건 아니야."

개가 말하면 말할수록 이상하게 더 변명처럼 들렸다.

"네 의도는 관심 없어. 다른 사람들이 모두 죽었다는 걸 대체 왜 나한테 말해주지 않았어?"

개는 고개를 갸웃거렸다.

"중요한 게 아니라고 생각했어. 너 스스로 알아낼 수 있는 문제였잖아."

"중요하지 않다고?"

소년은 주먹으로 문을 쾅 내리쳤다. 검은 개는 깜짝 놀라 뒤로 물러났다.

"모두 죽었다면 우리 엄마도 죽었다는 거잖아! 그런데 나에게 말해주지 않았어? 내가 엄마를 찾아다니는 걸 내내 옆에서 지켜봤으면서도?"

검은 개의 귀가 축 쳐졌다. 상황을 파악하려는 듯, 붉은 눈을 두리번거리며 앓는 소리를 냈다.

소년은 그저 화가 날뿐이었다. 그리고 그 분노의 바탕에는 미약한 공포가 깔려 있었다. 눈앞의 검은 개가, 사실은 전혀 이해할 수 없는 존재였다는 것을 이제야 깨달았기 때문이었다. 개가 처음 만났을 때부터 강조했던 사실이었지만 소년은 경솔하게도 그 말을 흘려들었다.

이것은 인간을, 산 것을 이해할 수 없다. 그저 이해하는 척할 뿐이다. 연극에서 맡은 배역을 연기하듯이.

"네가 싫어."

소년이 중얼거렸다.

소년은 어머니가 죽길 바라지 않았다. 차라리 자신을 버린 것이길 바랐다. 자신이 전염병에 걸려, 옮을까 봐 무서워 버리고 떠난 것이길 바랐다. 바깥에 사람들이 살아 있길 바랐고, 어딘가에 문명이 남아 있길 바랐다. 그들이 아무리 추할지라도, 설령 약탈자, 살인자, 강도의 모습일지라도 살아 있는 사람이 한 명이라도 있길 바랐다. 소년은 그 바람의 무게가 얼마나 무겁고도 가벼운지 미처 알지 못했지만, 자신이 그렇게 바라고 있음은 분명히 알고 있었다. 소년은 자신의 모든 바람을 앗아간 죽음이라는 것이 정말 싫었다.

"가, 날 내버려둬."

개를 노려보며 소년은 문을 닫았다. 그리고 현관에서 오랫동안 몸을 웅크리고 있었다.

새벽의 창백한 빛이 사라질 만큼의 시간이 흘렀다. 소년은 기계적으로 몸을 일으켜 부엌으로 향해 통조림을 잡았다. 더께 쌓인 금속 표면과 그 위에 붙은 헤진 종이 스티커. 그는 어머니의 지시를 기억하고 있었다.

'보존식품을 먹을 땐 2078년 이후 생산된 것을 피할 것. 부득이하게 먹어야 한다면 육류와 어패류가 들어간 것은 절대로 먹지 말 것.'

어머니는 이유를 묻지 말고 따르라고 했다. 소년은 어머니가 시킨 대로 했다. 미트볼과 미역국, 육포는 싱크대에 처박아버리고 찐쌀이 든 통조림을 하나 열었다. 부엌에서 숟가락을 찾아 통조림을 퍼먹었다. 입에 쌀을 가득 욱여넣고 꾹꾹 씹었다. 익은 쌀이 뒤섞이며 입 안에 단맛이 퍼졌다. 억지로 목구멍으로 넘기자 배 속이 더부룩했다. 온 힘을 다해 통조림을 깨끗하게 비우고 통을 던져버리려다가 멈춰 섰다. 통조림의 붉은 표면, 하단 귀퉁이에 반짝거리는 것이 있었다. 투명한 라벨이었다.

대한민국 정부 산하 기관 국립과학기술 연구소 H지부 배급품

대표 주소 : 강원도 무원시 지상 92번지 47로−1

2부

구름이 걷히고 해가 나기까지 한 번의 낮과 밤이 지났다. 약탈자들에게 노출되지 않으려 창을 코팅한 탓에 테라리움에 햇빛을 쬐기 위해서는 집 밖으로 나가야 했다. 소년은 현관문을 열기 전 심호흡을 했다. 그러나 문을 벌컥 열었을 때 밖에는 아무도 없었다.

아파트에 머무는 동안 소년은 보존식품과 의약품을 찾기 위해 다른 집들을 뒤지려 했다. 하지만 모든 문이 굳게 잠겨 있어 대신 모자의 집에서 최대한 쓸 만한 물건을 찾아 챙겼다.

찾아낸 것 중에는 퀼트 천 조각과 바느질 세트가 있었다. 소년은 그것으로 보따리를 만들어 짐을 배분했다. 천 보따리에 통조림과 생수, 단백질바 절반을 담아 등 뒤로 느슨하게 멨고 원래 가지고 있던 튼튼한 보조 가방에 나머지 단백질바와 고체연료, 손전등, 항생제와 정수 알약을 담아 허리춤에 찼다. 소중한 것들은 따로 챙겨두었다. 그렇게 하자 안심이 되었다.

소년은 아파트 화단에 있던 조경용 막삽을 들고 미니밴이 있던 교차로로 돌아갔다. 밝은 데서 보자 차가 얼마나 처참한 상태인지 드러났다. 타이어는 전부 터졌고 문을 따라 일렬로 총알 자국이 있었다. 우그러진 차체에는 성한 곳이 드물었다. 소년은 깨진 앞유리창과 창을 꿰뚫은 쇠파이프를 가만히 바라보다가 문을 열었다.

뼈만 남은 남자의 시신은 그리 무겁지 않았다. 그러나 손을 댈 때마다 뼈의 형태가 흐트러져 온전하게 꺼내기 힘들었다. 두 개골을 포함한 큰 뼈다귀만 꺼내 손수레에 싣는 데 만족해야 했다. 소년은 수레를 가까운 공터로 끌고 가 뼈를 내리고 다시 차로 돌아와 뒷좌석에서 남자의 어머니를 꺼냈다. 어머니의 시신은 아들보다 상태가 나았다. 마른 주검이 휠체어 위에 작게 고부라져 있었다. 소년은 아파트에서 걷어온 흰 커튼에 시신을 싸매 옮겼다. 수레바퀴가 울퉁불퉁한 길 위에서 덜덜덜 소리를 내며 돌아갔다. 도착한 공터에서 소년은 가져온 삽을 꺼냈다.

소년은 오랜 시간을 들여 땅을 최대한 깊게 파 시신을 매장했다. 주위에는 주워 온 돌멩이를 쌓아 올렸다. 진짜 돌보다 벽돌과 시멘트 조각이 더 많았지만, 완성된 봉분은 꽤 그럴듯했다. 둘의 무덤 앞에서 소년은 잠시 고개를 숙였다.

소년은 여정을 계속하기로 마음먹었다. 그는 이제 자신이 어디 있는지, 어디로 가야 하는지도 알았다. 목적지는 라벨에 적힌 주소, 강원도 무원시 92번지였다.

　무원시는 넓었다. 소년은 텅 빈 도시를 홀로 걸으며 가끔 길을 찾기 위해 건물의 주소지를 확인했다. 사람이 없는 도시는 고요했다. 소년은 들개 같은 위험한 동물이 또 나타날까 두려웠지만 야생동물의 울음소리는 해 질 녘 아주 멀리서만 이따금씩 들려왔다. 소년의 눈에 보이는 살아 있는 것이라곤 무성히 자란 식물뿐이었다.

　92번지가 가까워질수록 소년은 조금씩 기묘한 위화감을 느꼈다. 도로에 멀쩡한 형태의 가로등이 점점 줄어들었다. 그것도 자연스럽게 망가진 게 아니라 누군가 베어 가기라도 한 것처럼 뭉툭한 강철 밑동만 남아 있었다. 또 어떤 건물은 유리창이 하나도 남지 않았는데 근처에 유리 파편이 전혀 없기도 했다. 어느 순간부터는 도로에 부서진 차의 잔해가 보이지 않았다. 소년은 그것이 종말의 시기에 있었던 혼란의 흔적이라 애써 생각하면서도 본능적인 두려움에 최대한 몸을 엄폐하며 이동했다.

　소년은 건물의 그림자 속에서 걸음을 멈췄다. 눈앞에 갑작스럽게 공터가 펼쳐졌다. 소년이 모자의 시신을 수습해준 곳이나 들개가 살던 공원처럼 자연스러운 공터가 아니었다. 건물들이 갑자기 사라지고 오직 판판한 아스팔트만이 이어진, 도시에 있기엔 지극히 부자연스럽게 황량한 장소였다. 그리고 그 중심부에 거대한 건축물이 기이한 형태로 우뚝 서 있었다.

구세계의 언어로 표현하자면 그것은 초고층 건물이었다. 땅에 뿌리 내린 철골이 하늘 높은 줄 모르고 위로 솟아 있었다.

건물은 전체적인 구조가 인간이 만든 것 같지 않았다. 소년이 무원시를 가로지르며 본 다른 건축물들과는 너무나 달랐다. 거대한 블록을 쌓아 만든 것 같은 건물의 하단부는 마치 나무 그루터기처럼 생겨 누군가 1층부터 쌓아 올렸다기보단 땅에서 스스로 자라난 것처럼 보였다. 그러나 가장 이상한 것은 하단부가 아니라 상단부였다.

상단부는 거대한 구의 형태를 하고 있었다. 하단부에 연결된 새까만 철골이 그 구를 지지하고 있었다. 철골은 땅에서부터 뻗어 나왔는데, 위로 갈수록 점점 가늘고 구불구불해져서 나뭇가지나 잎맥을 연상시켰다. 그 가늘어지는 철골에 의지해 매달려 있는 상단부의 구는 마치 거대한 열매처럼 보였다. 새까맣게 코팅된 유리가 구의 표면을 뒤덮고 있어서 내부는 보이지 않았다. 설령 투명했다고 해도 너무 높고 커서 안을 들여다볼 수 없는 것은 마찬가지였을 것이다.

건물은 1층뿐만 아니라 더 높은 곳에도 출입구가 여럿 나 있었다. 감시 카메라가 달린 담벼락은 일종의 바리케이드처럼 보였다. 거기에는 주위에서 끌어모은 자동차의 잔해, 사무실의 책상과 집기, 도로에서 떼어낸 아스팔트 덩어리 따위가 그대로 노출되어 있었다. 91번지는 그 건물 외에는 이상할 정도로 텅 비어 있었는데, 아마 모든 것이 이 건물과 건물을 둘러싼 바리케이드를 만들기 위해 사용된 것 같았다.

그것은 초고층 건물이라기보단 '탑'처럼 보였고, 그 옛스러운 단어만큼이나 이 도시에 어울리지 않았다. 연구소가 있을 92번지로 가기 위해선 공터를 가로질러 탑을 지나야 했지만 소년은 차마 발을 떼지 못하고 머뭇거렸다.

어디선가 하울링 소리가 들려왔다. 여태껏 들었던 것과 달리 아주 가까이에서 울렸다. 탑을 둘러싼 바리케이드 틈 사이에서 무언가 나타났다. 소년은 재빨리 커다란 고철 뒤에 몸을 숨겼다. 모습을 드러낸 것은 특이한 로봇이었다. 금속질의 네모난 몸체에 끝으로 갈수록 점차 가늘어지는 네 개의 다리가 있었다. 다리에는 관절이 여러 개 달려 여러 방향으로 유연하게 꺾어졌다. 마치 금속으로 만들어진 사냥개 같았다. 다만 그 사냥개들은 머리라고 할 부위가 없었다.

로봇들은 모두 같은 디자인이었지만 재질과 색깔이 조금씩 달랐다. 척박한 상황에서 한정된 재료만 가지고 만들어진 티가 났다. 정렬해 등장한 다섯 대의 로봇 중 셋이 하울링이 들린 쪽으로 향했다. 둘은 탑 근처 폐허에 몸을 숨기고 주위 풍경에 맞추어 몸을 숨겼다. 로봇이 숨는 장면을 눈앞에서 본 소년조차 찾기 힘들 정도로 감쪽같았다. 소년은 긴장한 채 테라리움을 넣어둔 곳을 만지작거렸다.

시간이 몇 분 정도 흐른 후 다급한 뜀박질 소리가 들렸다. 소년은 소리를 내지 않기 위해 입을 틀어막았다. 로봇에게 쫓기는 것은 지저분한 회백색 들개 한 마리였다. 죽음에게 새끼를 빼앗겼던 그 암컷 들개처럼 보였지만 확실한 건 아니었다. 개 뒤로 세 대의 로봇이 맹렬하게 추적해 왔다.

그때 돌 더미 뒤에서 사람 팔뚝만 한 작살이 튀어나왔다. 숨어 있던 로봇이 발사한 작살이었다. 날카로운 작살이 들개의 뒷다리를 꿰뚫었다. 들개의 뒷다리에 꽂힌 쇠막대를 타고 피가 흘러내렸다. 드르륵 소리와 함께 작살줄이 당겨졌다. 발버둥 치던 들개는 몸을 바짝 낮추고 끌려가지 않으려 힘을 주었다. 힘겨루기에서 밀린 것은 뜻밖에도 기계 쪽이었다. 기계는 들개의 힘에 이끌려 조금 끌려가다가 몸체에서 두 개의 다리를 더 꺼내 바닥에 고정시켰다. 이제 로봇은 사냥개라기보단 거미에 더 가까운 형태가 되었다.

대치 상태는 다른 로봇 하나가 그물을 발사하며 일단락되었다. 들개는 몸부림쳤지만 그럴수록 그물에 더 얽혀들 뿐이었다. 로봇들은 합심해서 그물을 끌고 갔다. 로봇들이 들개를 끌고 탑으로 들어가고 한참 후에야 소년은 천천히 몸을 일으켰다. 충격적인 광경에 다리가 후들거렸다.

소년은 공터를 가로지르는 대신 다른 길을 찾아보기로 했다.

큰길 대신 골목길로 숨어들고 가끔 큰 건물의 옥상에 올라가 주위를 확인했다.

길을 돌아가느라 조금 더 시간이 걸렸지만 결국 소년은 연구소를 찾아냈다. 연구소는 소년이 상상했던 것보다 훨씬 큰 건물이었다. 다섯 개의 건물이 호수를 끼고 반원 모양으로 배치되어 있었다. 이 정도 규모라면 지하에도 시설이 있을 법했다. 소년은 시간을 들여 연구소를 관찰했다. 중심에 있는 본관이 가장 높았고 바깥쪽으로 갈수록 낮아졌다. 산을 끼고 있는 연구소의 뒤편은, 무성하게 우거진 수풀이 출입을 방해하는 데다가 고압주의 경고판이 달린 3미터 높이의 울타리가 쳐져 있었다. 그쪽으로는 어떻게 해도 들어갈 방법이 없어 보였다. 연구소의 오른편, 동쪽 바다 방향에도 비슷한 전기 울타리가 있었다. 왼편에는 울타리 대신 담이 있고 출입 가능한 문도 있었지만 거대한 탑에서 너무 가까웠다.

소년은 관찰 끝에 결론을 냈다. 지금 소년이 연구소에 들어갈 수 있는 유일한 입구는 호수를 가로질러 서쪽 동의 정면으로 이어지는 회색 다리뿐이었다. 하지만 다리는 좁고 엄폐물도 많지 않아 그냥 들어갔다간 탑에서 바로 보일 게 분명했다.

소년은 다른 모든 생존자, 피난민, 도망자들처럼 어둠을 기다렸다. 근처에 숨어 단백질바 하나로 허기를 달래며 버티다가 한밤중이 되어서야 밖으로 나왔다. 달빛이 밝아 손전등을 꺼낼 필요는 없었다. 살금살금 다리로 다가가 허리를 숙이고 걸었다. 다행히 소년은 몸집이 작아 그렇게만 해도 난간에 몸이 어느 정도 가려졌다. 호수를 가로지르는 동안 연구소 건물의 모습을 자세히 볼 수 있었다. 유리와 강철로 이루어진 전형적인 구세계 건축물로, 호수 건너편의 기이한 고층 탑과 대비되어 보였다. 비록 유리는 깨지고 페인트는 벗겨졌으며 로고는 떨어져 나갔지만 적어도 골조가 나선 모양으로 휘어져 자라진 않았다.

연구소는 동편의 건물 한 채만 폭격이라도 맞은 것처럼 무너져 기둥 몇 개만 폐허 속에 황량하게 남아 있었다. 이상하게 그 외에 다른 건물은 금 하나 가지 않고 멀쩡했다. 마치 그 건물만 노리고 폭탄이 떨어지기라도 한 것 같았다.

다리 끝에는 검문소로 추정되는 작은 사무소가 있었다. 소년은 몸을 숙이고 부서진 차단벽을 지나갔다. 별관 앞 정원을 가로지르며 소년은 건물에서 떨어져 나온 것으로 보이는 거대한 로고를 발견했다. 카드에 찍혀 있는 것과 같은 유려한 대문자 H 로고였다. 소년은 건물 안으로 들어갔다.

안은 어두웠다. 소년은 손전등을 켜고 이리저리 불빛을 비추어보았다. 먼지와 깨진 유리, 플라스틱 파편이 어지럽게 널린 로비가 눈에 들어왔다. 너무 조용해서 소년의 숨소리와 발소리가 천둥처럼 크게 들렸다. 소년은 텅 빈 안내데스크 앞을 지나다 발을 멈췄다. 데스크 뒤편에 사진이 걸려 있었다. 중앙에 걸린 커다란 사진 속에서 어머니가 웃고 있었다.

　단체 사진이었다. 사람들은 모두 새하얀 랩 가운을 입고 있었는데 지나치게 깨끗하고 단정해서 사진을 찍기 위해 일부러 차려입은 것처럼 보였다. 어머니는 가장 앞줄, 가장 가운데에 서 있었다. 소년이 아는 모습보다 훨씬 젊어 보였다. 머리칼이 검었고 눈가에 주름도 없었다. 사회적으로 성공한 사람들이 으레 짓는 오만하고 당당한 미소를 짓고 한 손을 주머니에 넣은 채였다. 바로 옆에 선 녹색 눈의 여자 쪽으로 고개를 살짝 기울이고 있어, 언뜻 보면 마치 머리를 기댄 것처럼 보였다.

　소년은 손가락으로 액자의 먼지를 문질러 닦았다. 어머니의 가슴팍에 금색으로 새겨진 글자가 보였다. 수석연구원, 융합2팀 팀장이라는 글자와 함께 어머니의 이름 석 자가 있었다. 소년은 어머니의 오른편에 선 녹색 눈의 여자에 잠시 시선을 주었다. 얼굴이 이상하리만큼 익숙했다. 여자의 가슴팍에도 이름이 새겨져 있었다. 마르잔 박.

　소년은 젊은 연구원들이 서 있는 사진의 끝줄에서 또 다른 익숙한 얼굴을 발견했다. 그 남자였다. 사거리 한복판의 미니밴에서 백골이 되어 있던 남자. 휠체어를 탄 여자의 아들. 소년이 어머니와 함께 묻어주었던 이. 그는 맨 오른쪽 구석에서 살짝 긴장한 표정으로 웃고 있었다. 새하얀 실험복이 짧게 자른 머리와 잘 어울렸다. 그의 가슴에서도 검은색으로 새겨진 글자를 발견했다. 일반연구원 이현우.

이현우, 소년은 죽은 남자의 이름을 속으로 되뇌었다. 이제 소년은 그의 이름을 알았다.

'이현우, 삼가 고인의 명복을 빕니다.'

갑자기 윙 하고 기계 모터 돌아가는 소리가 났다. 놀란 소년은 손전등 불을 끄고 어둠 속에서 쥐새끼처럼 숨을 죽였다. 복도 끝에서 길쭉한 형체가 유령처럼 튀어나왔다. 네모난 머리 부분이 소리 없이 주위를 돌아보고 있었다. 그것은 복도 쪽을 응시하다가 새빨간 불빛이 확 켜지더니 천천히 소년을 향해 다가왔다.

바퀴가 달린 직사각형의 보안로봇이었다. 사람의 선 키와 크기가 비슷했다. 새까만 몸체에는 디스플레이가 달려 있었다. 보안로봇은 빨간 불빛을 소년에게 비추며 짧게 경고의 사이렌을 울렸다.

"침입자. 출입 권한을 증명하시오."

보안로봇은 딱딱하고 위협적인 기계음으로 말했다. 구세계의 로봇은 완벽히 사람과 똑같은 목소리를 내는 보이스 엔진을 이용할 수 있었다. 소년은 그 기계 음성이 상대를 움츠러들게 만들기 위한 의도적인 선택임을 눈치챘다.

"권한을 증명하시오. 현재 계엄령 권한 허용. 검문에 불응할 시 사살하겠습니다."

소년은 떨리는 손으로 겉주머니에서 카드를 꺼냈다. 현우의 홀로그램 카드였다. 보안로봇의 새빨간 불빛이 카드를 향했다. 몇 초가 숨 막히게 길게 느껴졌다.

"일반연구원 권한 확인했습니다."

소년은 긴장이 턱 풀려 숨을 몰아쉬었다. 하지만 안도의 순간은 짧았다. 다음 순간 보안로봇의 몸체에서 금속 팔이 튀어나오더니 소년을 근처 벽에다 메다꽂았다. 소년의 악물린 잇새로 비명이 터져 나왔다.

"생체 검사 시행하겠습니다. 검문에 협조해주시길 바랍니다."

소년을 구속한 팔에서 바늘이 튀어나와 살 깊숙이 파고들었다. 소년은 움찔 몸을 떨었다. 다행히 생각보다 아프지 않았다. 보안로봇은 바늘을 뽑고 소년을 풀어주었다. 소년은 바닥에 주저앉아 곁눈질로 무기가 될 만한 것이 있나 둘러보았다. 1미터 정도 떨어진 바닥에 긴 막대가 떨어져 있었다. 어두워서 재질은 알 수 없었다.

"불일치."

보안로봇이 기계음으로 말하는 순간, 소년은 막대를 주워 들고 온 힘을 다해 로봇을 내리쳤다.

소년이 막대라고 생각했던 것은 천장에서 떨어져 나온 얇은 플라스틱 판넬 조각이었다. 그것은 로봇의 몸체에 닿는 순간 과자처럼 힘없이 바스라졌다. 소년이 속으로 짧은 생애 동안 주워

들은 모든 욕설을 내뱉는 동안 보안로봇은 딱딱하게 말했다.

"기본 A형 생체 검사 불일치. B형 불일치. C형 불일치. 비상사태. 청천벽력급 경보 발령. 본관 건물 대피령을 시행합니다."

보안로봇의 머리 부분이 천천히 기울어졌다. 그것이 소년을 응시하며 비난하는 듯한 목소리로 말했다.

"헨리에타, 당신입니까?"

소년은 그 자리에서 얼어붙었다. 그것은 기계음이 아니라 사람이 녹음한 목소리였다. 어머니의 목소리였다.

그 순간 보안로봇의 디스플레이에서 불꽃이 튀었다. 붉은 불빛이 미친 듯이 깜빡거리다가 나가버렸고 머리 부분이 힘없이 축 늘어졌다. 누군가 로봇을 발로 걷어차 쓰러뜨렸고, 동시에 새하얀 손전등 빛이 소년을 비추었다. 역광 때문에 상대의 모습을 제대로 볼 수 없었다. 소년은 반사적으로 손을 들어 얼굴을 가렸다. 상대는 천천히 손전등을 바닥으로 내렸다.

흰 셔츠를 입은 낯선 중년 여자가 소년 앞에 서 있었다. 손에 든 네모난 기계장치를 마치 무기처럼 로봇에게 들이민 여자의 새카만 동공이 소년과 마주쳤다.

사람, 살아 있는 사람이었다. 소년은 자신의 눈을 믿을 수 없었다. 분명 인간은 모조리 죽었다고, 자신 외에 모두 죽음의 품에 안겼다고, 죽음이 그렇게 말하지 않았던가. 그랬기에 소년도 어머니가 죽었다고 믿었다.

하지만 지금 눈앞에서 서늘한 눈으로 자신을 내려다보는 여자는 분명 인간이었다. 로봇이나 다른 생물 따위가 아니었다. 여자는 소년에게 성큼성큼 다가왔다. 소년이 떨리는 입을 열었다. 물어보고 싶은 것이 산더미였다.

"당신은……."

여자가 손전등으로 소년의 관자놀이를 내리쳤다. 혀끝에 걸려 있던 질문이 산산이 흩어지고 소년의 시야가 까맣게 물들었다.

*

정신을 차렸을 때 소년은 어둡고 축축한 곳에 있었다. 고개를 들려다가 밀려오는 고통에 다시 머리를 숙였다. 어지럽고 아팠다. 소년은 눈을 감고 하나부터 열까지 세었다. 그것을 몇 번이나 반복하고 나서야 겨우 어지럼증이 가라앉았다. 조심스럽게 눈을 떴다. 소년이 있는 곳은 작은 방이었다. 창문은 없었다. 어쩌면 지하일지도 몰랐다. 소년은 의자에 노끈으로 결박된 상태였다.

소년은 이런 방에 익숙했다. 철저히 생존을 위해 설계된 곳. 벙커의 모든 공간 역시 이런 느낌이었다. 소년과 어머니는 10여 년의 세월 동안 벙커를 길들였지만 이 방은 전혀 길들여지지 않았다. 한 사람의 생존자로서 소년은 알 수 있었다. 이 공간의 주인은 여길 길들이는 데 실패했다. 이곳이 그를 길들였다.

필사적으로 정돈하려 한 흔적이 있었지만 처절하게 실패한 탓에, 그 가지런함은 되려 애처로움만 불러일으켰다. 간이침대의 담요는 얼룩과 먼지가 덕지덕지 말라붙은 채 바르게 접혀 푹 꺼진 머리맡 한쪽에 놓여 있었고, 텅 빈 통조림 캔은 안쪽에 썩은 음식물 찌꺼기가 달라붙은 채 차곡차곡 쌓여 있었다. 탁자는 다리 하나가 부러져 위태롭게 기울어졌고 서랍장은 뒤틀려서 제대로 닫히지도 않았다.

벽에 그려진 빗금들로 보아하니 누군가 오래 숨어 산 듯했다. 벽 하나를 꽉 채운 빗금은 처음에는 뚜렷하고 가지런했지만 아래로 갈수록 불안하게 흐트러졌다.

철컥하는 소리와 함께 문이 열렸다. 흰 셔츠를 입은 여자가 들어왔다. 소년의 심장이 쿵쿵 뛰었다. 겁에 질렸음에도 불구하고 소년의 마음속에서 희망이라고 할 만한 것이 뭉글뭉글 피어올랐다. 여자는 인간이었다. 살아 있는 인간. 그렇다면 소년 외에 모든 인간이 죽었다고 말한 검은 개와 고양이는 거짓말을 한 것일지 몰랐다. 어머니도 살아 있을지 모를 일이다.

여자는 소년이 깨어난 것에 놀란 것 같지 않았다. 소년에게서 눈을 떼지 않으며 들고 있는 것을 옆의 탁자에 내려놓았다. 소년의 가방이었다. 현우의 집에서 찾은 퀼트 천으로 만든 보따리와 보조 가방. 소년이 가진 모든 것이었다. 지퍼 클립의 위치와 천의 매듭 모양이 바뀌어 있었다. 여자는 이미 가방을 뒤졌다. 소년은 침을 삼켰다. 여자는 첫 만남에 소년을 기절시켰다. 우호적이라고 보기는 어려웠다.

"일어났구나."

놀라울 정도로 담담한 목소리였다. 여자의 얼굴에는 표정이 없었다. 경계심도, 걱정도 심지어 기쁨도 없었다. 여자의 생기 없는 눈동자는 유리구슬 같았고, 오랫동안 햇빛을 받지 못한 얼굴은 바싹 마른 식물 같았다. 소년은 몸을 긴장시켰다.

"당신은 누구죠? 왜 날 공격한 거예요?"

소년은 어머니와 수없이 많은 책과 영화들이 있었는데도 가끔 벙커가 답답하게 느껴졌다. 여자는 이 작고 지저분한 방에 오랫동안 혼자 있었던 것 같았다. 어쩌면 최후의 날 이후로 계속 갇혀 있던 것일지도 몰랐다. 소년은 그 긴 기간 동안 여자가 제정신을 유지할 수 있었을까 의심스러웠다. 만약 자신이 10년 동안 갇혀 있던 곳이 벙커가 아니라 여기였다면 어땠을지 상상도 하기 싫었다. 여자가 무덤덤하게 말했다.

"네가 그 로봇에게 들켜서 빨리 움직여야 했는데, 나를 따라오라고 설득할 시간이 없었어. 휴대용 EMP로는 시간을 많이 못 벌거든."

"……왜 날 묶어둔 거죠?"

"네가 도망가려 할까 봐."

"안 도망갈게요. 풀어주세요."

"네가 잘 협조해준다면 그러지."

여자는 돌아서서 서랍을 열었다. 그사이 소년은 조심스럽게 손목을 움직여보았다. 끈은 단단히 묶여 있었다. 설령 푸는 데 성공한다고 해도 소년은 여자를 이길 자신이 없었다. 여자는 소년보다 훨씬 체구가 컸고, 오랫동안 이곳에서 혼자 살아남은 것 같았다. 당연히 소년 같은 어린애와의 몸싸움에서 지진 않을 것이다.

"당신이 헨리에타예요?"

소년은 물었다.

"다짜고짜 그런 걸 묻다니, 아무것도 모르는군."

여자는 딱히 누군가에게라고 할 것 없이 중얼거렸다. 소년은 조금 자존심이 상했지만 여자가 헨리에타라고 반쯤 확신했다.

여자의 손에는 생수병이 들려 있었다.

"마실래?"

소년은 기가 막힌다는 듯 의자에 묶인 자신의 몸을 눈짓했다. 여자는 입가에 대줄 순 있다고 했지만 소년은 고개를 저었다.

"아쉽네."

여자가 한 걸음 다가오며 전등 불빛 아래로 들어왔다. 소년은 상대의 얼굴을 또렷하게 볼 수 있었다. 소년은 눈을 동그랗게 떴다.

"당신······!"

연구소 로비에 걸려 있던 사진, 어머니와 현우가 있던 그 단체 사진 속에 있던 사람이었다. 이름은 기억나지 않았다. 사진 중간쯤에 별 존재감 없이 서 있던 연구원이었다. 사진을 좀 전에 본 것이 아니었다면 알아보지 못했을 것이다. 그래도 그가 헨리에타가 아닌 것은 알았다. 사진에 헨리에타라는 이름은 없었다. 소년은 그저 혼란스러웠다.

"나한테 뭘 원해요?"

"얘야, 내가 왜 너한테 특별히 원하는 게 있을 거라 생각하니?"

"원하는 게 있는 사람들이 꼭 그렇게 말하더라고요."

여자는 소년을 응시하다가 가소롭다는 듯 코웃음을 쳤다. 소년의 얼굴이 달아올랐다. 소년이 '원하는 게 있는 사람들'을 만나봤을 리 없다. 영화에서 본 대사였다. 여자는 어깨를 으쓱하더니 제 가슴팍에 손을 얹었다.

"서권하야. 권하라고 불러도 좋아."

권하는 잠시 기다리다가 소년에게 고개를 까닥했다. 소년이 답례로 이름을 말해주길 기대하는 것 같았다. 하지만 소년은 조개처럼 입을 꾹 다물고 있었다.

"대답하지 않을 거니?"

소년은 고집스럽게 침묵을 지켰다. 자신을 묶어두고 아무것도 모르는 어린애 취급이나 하는 여자와 아무렇지 않게 통성명을 하고 싶지 않았다. 권하는 의자를 끌고 와 소년의 맞은편에 앉았다.

"그럼 이렇게 하자. 내가 너한테 몇 가지 궁금한 점이 있는 건 맞아. 너도 나에게 궁금한 점이 있겠지. 우리 질문을 교환하자. 내가 너에게 하나를 물어보면, 너도 나에게 하나를 물어보는 거야. 서로 거짓말은 하지 않기로 약속. 어때?"

"내가 당신 말을 어떻게 믿어요?"

"알다시피 우리에겐 남은 게 별로 없어."

권하는 양손을 벌리며 어깨를 으쓱했다. 그의 손은 무너져 사라진 옛 세계를 향하는 듯 양옆으로 펼쳐졌다.

"우리가 가질 수 있는 것은 믿음뿐이지. 더 잃을 것도 없는 상황에서 거짓말은 하지 말자고."

소년은 그게 사람을 의자에 묶어놓고 할 말은 아니라고 생각했지만 결국 고개를 끄덕였다. 권하는 까만 눈동자로 소년을 바라보았다.

"좋아. 그럼 네가 먼저 질문하렴."

"헨리에타가 누구죠?"

권하는 손으로 턱을 괴었다. 생각에 잠긴 것 같았다.

"그걸 왜 물어보는 거지?"

"그게 당신 질문이에요?"

권하의 입에 미소가 걸렸다. 그 자그마한 미소가 여태껏 여자가 보인 것 중 가장 큰 감정 표현이었다.

"아니. 하긴 네게 이유를 설명할 의무는 없지. 하지만 헨리에타에 대한 건 정말 긴 이야기인데."

"그럼 길게 말해줘요."

권하는 작게 한숨을 쉬고 입을 열었다.

*

힘든 시기였다. 어떤 사람이든 자기가 살았던 시대가 가장 힘들었다고 할 테지만 권하가 살았던 때는 정말로 살아남기 힘든 시기였다.

그때의 한국은 살기에도, 방문하기에도 좋은 나라가 아니었다. 사실 세계의 모든 나라가 다 그랬다. 미래를 상상할 능력이 있는 사람이라면 누구나 밤마다 악몽을 꾸었다. 현대 문명의 기반은 해수면 상승으로 사라져버린 남태평양의 작은 나라들처럼 가라앉은 지 오래였고 그 위에 쌓아 올린 모든 아름다운 것들은 현대 철학부터 할리우드의 시리즈 영화까지 전부 휘청거리며 쓰러지고 있었다.

오랜 가뭄과 온난화로 인해 당시의 식량 생산량은 인류가 필요로 하는 최저치도 충족시키지 못했다. 식량이 전 인류를 세

번은 먹여 살릴 만큼 많았을 때도 기근은 사라진 적 없었다. 하물며 모두가 배불리 먹는 것이 물리적으로 불가능해진 시기에 상황이 나아지길 기대하는 것은 어리석은 짓이었다. 비축 식량 분배는 밑에서부터 조금씩 조금씩 줄어들었다. 사람이 오직 자기 자신만을 위해 행동하는 것이 오히려 미덕으로 여겨지는 시기였다.

권하가 가지고 있던 것은 유행에서 한참 뒤떨어진 옥수수 유전학 분야에서 딴 박사학위, 경기도의 조그만 월셋집 그리고 이름뿐인 연구교수 직함이 전부였다. 권하의 일상은 매일 밤 피곤한 몸을 이끌고 들어와 씻거나, 혹은 씻지 못하고 인류의 미래에 대해 온갖 희망적이고 비관적인 예측을 떠들어대는 방송을 보다가 까무룩 잠드는 일의 반복이었다.

그러던 어느 날 권하에게 한 통의 전화가 왔다. 같은 학교 출신이지만 심포지엄에서 몇 번 본 것 외엔 큰 접점이 없는 사람이었다. 권하는 기억을 더듬어 상대가 유명한 정치인의 딸이자 이름 있는 연구자이고, 근래 뉴스에서 몇 번 얼굴을 본 것도 같다는 사실을 간신히 떠올렸다. 상대는 권하에게 물었다.

"강원도로 이사 올 생각 있나?"

권하는 의아하게 되물었다.

"그런 걸 왜 물으시죠?"

상대는 권하에게 놀라운 것을 제안했다. 강원도에 있는 국립

과학기술 연구소의 연구원 자리. 언제나 배급품이 넉넉히 나오고, 제공되는 사택에는 단전이나 단수 따위가 일어나지 않으며 우선순위로 출국 허가까지 받을 수 있다. 권하는 기쁨과 의심이 뒤섞인 목소리로 더듬더듬 자신처럼 보잘것없는 사람에게 왜 그런 일자리를 제안하냐 물었다. 전화 너머 상대는 잠시 침묵하더니 이렇게 대답했다.

"나는 내 사람이 필요해."

권하는 망설였지만 결국 제안을 승낙했다. 비밀유지계약서에 서명한 후에 연구소의 위치를 알 수 있었다. 강원도 무원시, 지상 92번지 47로-1. 그 주소를 보고 권하는 생각했다.

'아, 젠장.'

강원도 무원시에 있는 국립과학기술 연구소는 헨리에타의 단말을 연구하는 곳이었다. 권하는 헨리에타에 대해 알고 있는 막연한 정보들을 그날 처음으로 꼼꼼히 복기해보았다.

헨리에타가 그런 이름을 갖게 된 것은 순전히 한 열정적인 천문학자 덕분이었다. 그 천문학자는 역사에서 잊힌 여성 천문학자들에게 마땅한 영광을 돌려주고자 하는 의지가 충만했다. 그의 팀이 소마젤란성운의 세페이드변광성에서 보낸 신호를 수신했을 때, 그는 신호에 그 변광성을 발견하고 더 나아가 우주의 크기를 재는 데 이용하기까지 했던 위대한 과학자 '헨리에타 리비트'의 이름을 붙여야 한다고 강력하게 주장했다.

그때는 그 신호가 인류가 최초로 수신한 지적 생명체의 메시지라는 사실을 알지 못했다. 그렇게 중요한 신호라는 걸 알았더라면 자기 이름을 붙였겠지만 신호는 순조롭게 '리비트 신호'로 명명되었다. 이후 신호가 해독되고 그 내용물에는 '헨리에타'라는 이름이 붙여졌다. 천문학자는 명명과 관련한 질문을 받을 때마다 애써 웃으며 역사에 잊힌 여성들을 재조명하는 과정의 중요성에 대해 역설했다.

당시의 리비트 신호는 해독되기 전에도, 후에도 전 지구적인 화젯거리였다.

어떤 정치가는 말했다.

"인류는 드디어 이 드넓은 우주에서 혼자가 아니라는 것을 깨달았습니다."

다른 정치가는 말했다.

"이 신호는 인류가 문명의 다음 단계로 갈 수 있다는 증거입니다."

두 번째 말은 지나친 낙관론이었다. 모든 증거가 리비트 신호는 인류 문명보다 몇 단계 앞선 문명에서 보내졌음을 시사하고 있었으나, 그들이 성공했다고 해서 인류도 성공하리라는 법은 없었다.

그러나 정치인에게도 그런 말을 한 나름의 이유는 있었다. 진보한 외계 문명이라는 것은 당시 사람들에게 너무나 매력적인

이야기였다. 그건 인류가 멸종하지 않고 수십 세기를 더 살아남아 행성의 지배자로 군림할 수 있으리라는 증거였다. 언론과 정계는 대중의 불안을 통제하기 위해 리비트 신호를 마치 아편처럼 사용했다. 그들은 그걸 진통제처럼 적절하게 사용하고 있다고 믿었을 것이다.

외계 문명과의 첫 접촉, '퍼스트 컨택트'는 빠른 속도로 줄어들고 있는 식량 생산량에서 사람들의 시선을 돌릴 수 있는 유일한 주제였다. 리비트 신호의 내용이 정교한 기계장치의 설계도라는 엄청난 발견은 이미 수억 명이 넘어간 기후 난민에 대한 논의를 덮어버리기 좋았다. 리비트 신호가 알려주는 기계를 완성하면 앞선 문명으로부터 초광속 비행, 분자 재조합장치, 완벽한 암 치료제 등 현재 인류가 겪고 있는 모든 문제를 해결할 방법을 알아낼 수 있으리라는 전문가들의 의견을 청취하는 일은 세계 각지에서 일어나는 전쟁에 대한 공포를 극복하기 아주 좋은 방법이었다.

리비트 신호의 설계도가 일종의 컴퓨터로 추정된다는 사실이 밝혀졌다. 그 컴퓨터는 각국의 지원을 받아 예산과 부지를 확보하고 '헨리에타'라는 이름으로 스위스에서 제작되기 시작했다. 그 과정에서 유의미한 발견이 있을 때마다 언론은 내용을 대서특필했다. 헨리에타의 제작 기간이 10년을 넘어가는 동안에도 결코 관심의 수위가 일정 수준 이하로 떨어지지 않았다.

그건 외계에서 온 컴퓨터였다. 사람들은 헨리에타로부터 얻어 낼 수 있을 기술들에 대해 끝도 없이 떠들었다. 하지만 헨리에 타를 조립하는 과정에서 연구팀은 충분히 예상할 수 있었던 난 관에 부딪혔다.

리비트 신호가 알려주는 설계도를 완벽하게 조립하는 일은 불가능했다. 헨리에타의 구조 중 일부는 현대 과학으로는 구현 이, 사실 해독 자체가 불가능했던 것이다. 그러나 이미 들어간 투자의 규모를 생각할 때, 헨리에타의 조립을 포기하는 것은 있 을 수 없는 이야기였다. 따라서 그들은 먼지를 카펫 밑으로 쓸 어 넣기로 했다. 만들 수 없는 부분을 내버려두고 일단 만들 수 있는 부분부터 조립한 것이다.

설계도의 45퍼센트가 조립된 어느 날 밤, 헨리에타는 깨어났 다. 그것은 순식간에 시설의 통제권을 장악하고 도저히 용도를 짐작하기 어려운 부품들을 만들어 자신을 채워나갔다. 사람들 은 놀라움과 두려움을 동시에 느꼈다. 몇 주 뒤 헨리에타는 스 스로를 완성시켰다. 그 모습은 지구의 어느 컴퓨터와도 달랐고, 심지어 설계도에 있는 것과도 달랐다.

[발전시킬 수 있는 부분은 발전시켜야 하니까요.]

헨리에타와 소통하는 법을 익힌 후 설계도와 다르게 스스로 를 조립한 이유를 묻자 헨리에타는 그렇게 답했다. 슬로건으로 삼아도 좋을 깔끔한 문장이었다. 그리고 그 말이 시사하는 바는 두 가지였다.

하나, 헨리에타에게는 자신을 보낸 외계 문명에 기반한 데이터가 이미 저장되어 있다. 그렇기에 자신의 모습이 기존과 비교하여 '발전'되었는지 아닌지를 판단할 수 있던 것이다.

둘, 헨리에타는 지구의 지적 생명체들이 절대 이해할 수 없는 기술적 특이점에 다다른 컴퓨터이다.

당시의 인간들에게는 첫 번째가 더 중요했다. 헨리에타는 인류보다 앞선 문명의 기술을 알고 있었다. 꿈이 이루어졌다. 이제 영생기술, 다이슨 스피어, 완벽한 마인드 업로딩과 테라포밍 공법을 손에 넣을 수 있을 것이다. 각국은 헨리에타의 본체와 연결된 단말을 유치하고 연구할 권리를 얻기 위해 치열한 로비를 펼쳤다. 투자한 자금에 따라 헨리에타가 배분되었다. 한국 정부도 헨리에타의 단말을 하나 얻어냈다. 정부는 신이 나서 그것을 강원도의 연구소로 보냈고 철통 같은 경비를 세우고 아낌없이 예산을 지원했다. 그들은 실제로 헨리에타로부터 여러 기술을 얻어냈다. 한때 그 연구소는 연구자라면 모두가 바라는 꿈의 직장이었다.

그러나 권하가 일자리 제안을 받은 시점에는 이미 과거의 영광이 된 지 오래였다. 연구소는 더 이상 헨리에타에게서 진보된 기술을 얻어내거나 헨리에타 자체를 연구할 여력이 없었다. 헨리에타에게서 얻어낸 외계의 기술은 인류 사회에 여러 크고 작은 문제를 일으키고 있었다. 다들 그 문제를 해결하거나 덮는 데 급급했고 누구에게 이 사태의 책임이 있는지 따지기에 바빴다.

권하가 들어간 시점은 연구소 내 알력 다툼이 최고조에 달했던 시기였다. 권하는 생물학팀에 배정되었지만, 실제로 하는 일은 연구가 아니라 내부 인력의 말을 주워듣거나 이간질하고, 상사의 입맛에 맞게 자료를 편집해 언론에 뿌리는 일이었다. 그 대가로 권하는 더 이상 굶지 않을 수 있었다. 하지만 그것도 중국인지, 멸망한 북한의 잔존 세력인지, 제3의 다른 나라인지 모를 곳에서 시작된 더티 밤 폭격이 한반도를 뒤덮을 때까지만이었다. 최후의 날, 권하는 연구소 지하 방공호에 들어가 간신히 목숨을 부지했다. 권하는 홀로 숨어 있었다. 모든 군사 결정권자가 죽은 뒤에야 작동하는 데드맨 스위치(Dead man's switch) 폭격이 끝날 때까지, 오래도록.

*

"그날 이후 여기 숨어 살았어. 불행히도 헨리에타는 폭격에 파괴되지 않았거든. 최후의 날 직전에 헨리에타는 연구자들을 죽이고 탈출했어. 그날 난 여기 있었고, 모든 걸 봤지. 소수의 연구자들은 사람들이 도시를 빠져나가는 동안 마지막까지 남아 연구소에 새로운 보안 시스템을 설치했어. 허가받지 않은 인물이나 시민으로 분류되지 않은 사람, 혹은 헨리에타가 조종하는 것으로 의심되는 존재가 들어오면 청천벽력 경보가 울려 연구동을 파괴하도록."

권하는 동료의 죽음이나 인류 멸망에 대해 이야기하고 있다고는 믿기 어려울 정도로 단조로운 어조로 말했다.

"아예 연구소를 파괴하지 않은 이유는 혹시라도 전쟁이 끝나고 생존자들이 도시에 돌아온다면, 이곳에서 물품이나 자료를 얻어야 할지도 몰랐기 때문이야. 하지만 어리석은 선택이었지. 여태껏 생존자들의 소식은 전혀 없고, 헨리에타는 여전히 살아남아 연구소에 들어올 방법을 궁리하고 있으니."

그 말에 소년은 바깥에 있던 거대한 탑을 떠올렸다. 그 탑이 인간의 것 같지 않아 보였던 이유는 정말 인간이 만든 건축물이 아니기 때문이었다.

"아까 보안로봇이 우리 엄마가 녹음한 목소리로 말했어요."

소년의 말에 권하는 눈썹을 살짝 들어 올렸다.

"로비의 사진에 엄마가 있었고요. 우리 엄마가 연구소 생존자 중 한 사람이었나요? 헨리에타는 왜 대체 연구소에……."

"잠시만."

권하는 손을 들어 올려 소년의 말을 막았다.

"그 두 가지가 네 다음 질문이니?"

아까 소년이 했던 말이었다. 권하는 고개를 숙여 소년과 눈높이를 맞추었다.

"내가 대답을 했으니 너도 하나 해야지."

소년은 문득 권하가 어머니와 닮은 점이 있다는 것을 깨달았다. 권하는 상황을 생각해본다면 그래도 꽤 잘 관리된 흰 와이셔츠를 입고 목 끝까지 단추를 채우고 있었다. 손에는 비닐인지 천인지 확실하지 않은 장갑을 낀 채였다. 바지와 양말은 길었다. 얼굴 외에 맨살이 노출된 부분은 전혀 없고, 그런 점은 권하를 빈틈없어 보이게 했다. 그런 면에서 권하는 어머니와 닮았다. 어쩌면 살아남은 구세계의 여성들은 전부 이런 공통점이 있을지도 모르겠다는 생각이 들었다. 성취를 이루고 싶다면 빈틈을 보이지 않아야 했을 테니까.

"넌 대체 어떻게 살아남았니?"

소년은 벙커에 들어간 순간을 기억하지 못했다. 그때는 어렸다. 고작해야 네 살, 어쩌면 세 살일지도 몰랐다. 소년에게 남은 가장 오래된 기억은 쾅 하고 닫히던 벙커 문의 금속음이었다.

소년은 권하에게 벙커에 대해 설명했다. 핵심적인 정보는 노출시키지 않고 최소한의 정보만 주기 위해 노력했다. 성공했는지 알 수 없었지만 소년은 자신이 꽤 잘 해내고 있다고 믿었다. 그러나 어머니가 보았다면 탄식했을 것 같기도 했다. 어린 자식을 두고 떠나야 했던 보통의 부모들처럼 '네가 딱 열 살만 더 많았더라면 얼마나 좋았을까'라고 말했을지도 모른다.

권하는 갑각류의 껍질 같은 검은 눈동자로 소년을 내려다보며 톡톡, 손으로 의자를 두드렸다.

"벙커라, 짐작이 가. 멸망 10여 년 전부터 상류층들에게 그런 게 유행했지. 배부른 인간들의 호사스러운 취미에 불과하다고 생각했는데 개중 실제로 기능한 게 있을 줄이야…… 넌 운이 좋았군."

권하의 말은 씁쓸하게 들렸다. 초라하고 어두운 지하 방 안에서 듣자니 더더욱 그랬다. 여긴 소년이 지냈던 황량한 지하 벙커를 궁궐처럼 보이게 하는 방이었다. 소년은 권하에게 동정심을 느꼈다. 겨자씨만 한 동정심이었지만 처음으로 소년이 권하를 향해 가진 긍정에 가까운 감정이었다.

소년은 재빨리 감정을 털어버리고는 물었다.

"내 차례죠? 당신이 여기 연구원이었다면…… 난 우리 엄마에 대해 듣고 싶어요."

권하는 오랫동안 침묵했다. 소년이 불안함을 느낄 정도로 길게. 권하가 입을 연 것은 한참이 흘러서였다. 그는 무표정하게 양손을 포갰다.

"네 어머니의 목소리가 보안로봇에 녹음되어 있었다고 했지. 그리고 네가 자란 것처럼 호화로운 벙커는 드물어. 내가 알기로 이 연구소에 그런 벙커에 접근할 만한 권력을 가진 사람은 많지 않았어. 혹시 네 어머니가 그 사람이니? 한명아 수석연구원. 융

107

합2팀 팀장."

소년은 마치 어머니의 이름 뒤에 따라붙은 두 단어를 처음부터 알았던 척 태연한 표정을 가장하며 고개를 끄덕였다.

권하는 짧은 호흡을 내뱉듯 웃었다. 그 웃음은 거의 기계처럼 규칙적이었다. 이어지는 대답은 그의 반응만큼이나 소년의 예상을 벗어나 있었다.

"오 이런, 얘야. 네 어머니가 세상을 멸망시킨 사람이야."

"거짓말하지 마세요."

소년은 사납게 쏘아붙였다. 권하는 침착하다 못해 싸늘한 눈으로 소년을 내려다보았다. 웃음의 흔적은 남아 있지 않았다.

"네 어머니가 바로 나한테 일자리를 제안한 그 여자야."

"하지만……."

"그리고 멸망에 크게 일조한 인물이지."

"엄마는 나한텐 한 번도 그런 말을 한 적 없어요. 그렇게 중요한 일을 말해주지 않았을 리가……."

"넌 네가 몇 살이라고 생각하니?"

소년은 대답하지 않았다. 권하는 심통 난 아이를 달래듯 차분한 어조로 말했다.

"내겐 자식이 없어. 하지만 만약 내게 살아 있는 자식이 있고, 그 애가 네 나이였다면 나라도 모든 걸 말해주지는 않았을 거란다. 그게 내 치부와 관련된 거라면 더더욱."

소년은 권하를 사납게 노려보았다.

"아뇨. 당신은 이해 못 해요. 우린 멸망한 세계에 살고 있어요. 자존심이나 나이를 따지며 진실을 숨기기에 너무 멀리 와버렸다고요."

"그래, 그건 그렇지."

권하는 쓴웃음을 지으며 허리를 똑바로 폈다.

"하지만 네 어머니는 너보다 덜 현명했던 모양이야. 뭐라도 정말 안 먹을래?"

권하는 서랍장을 뒤적여 비교적 멀쩡한 통조림 캔 하나를 집어 내밀었다. 돼지고기라비올리 통조림. 제조일자가 크게 적혀 있었다. 2089. 08. 21. '보존식품을 먹을 땐 2078년 이후 생산된 것을 피할 것.' 어머니의 목소리가 귓가에 웅웅 울렸다. 정말로 귀에 대고 속삭이고 있는 것처럼.

소년은 고개를 휙 돌렸다.

"네 어머니가 숨기는 게 많았겠지만 널 정말 아꼈다면 최소한 이건 숨기지 않았겠지. 어떤 음식이든 2078년 이후에 제조된 건 먹지 말라고 하지 않았니? 그 이유가 궁금한 적 없어?"

권하는 통조림을 따서 싱크대에 쏟아버렸다. 주르륵, 붉은 액체가 폭포처럼 쏟아졌다. 텅텅, 밀가루 덩어리가 양철 바닥에 떨어지는 소리가 났다.

"네 어머니가 헨리에타와 소통에 성공한 게 바로 2077년이었기 때문이야."

권하는 속삭이듯 말했다.

"헨리에타는 정말 똑똑했어. 나뭇가지를 보여주기만 해도 숲의 규모와 상태까지 추론해냈고 사람과 처음으로 소통한 지 채 한 시간이 지나지 않아 상대에게 공감하는 법을 익혔어. 적어도 공감하는 것처럼 보이는 법을 익혔어. 그것에게 우리는 존재조차 예상치 못한 외계 생물이었을 텐데 말이야. 헨리에타가 적당히 영리했다면 좋았을 거야. 인류가 이해할 수 있는 범위 내였다면 그렇게 경계의 대상이 되지 않았겠지.

높으신 분들은 겉으로는 그것이 인류의 동반자이자 희망이 될 거라고 떠들었지만 실제로는 헨리에타가 지구에 대한 정보를 필요 이상으로 얻는 걸 막았단다. 어느 나라든 마찬가지였는데, 이해가 안 되는 결정은 아니었어. 전 세계에 설립된 42개의 연구기관 중 어떤 곳에서도 헨리에타의 최종 목표를 알아내지 못했거든. 외계에서 헨리에타를 보낸 이유가 대대적인 침략 전에 우리에 대한 정보를 얻어내기 위해서라고 생각해도 이상할 게 없었지. 우리가 아는 건 헨리에타가 인간 문명을 포함해 지구 생태 전반에 관심이 있다는 것뿐이었으니까. 헨리에타는 완성되고 수년 동안 지표를 탐사할 수 있는 탐사로봇을 만들어 보낼 수 있게 해달라고 요청했어. 물론 매번 거절당했지. 헨리에타는 자신의 요청이나 대화 시도가 계속해서 거부당하자 기술을 알려주거나 정보를 나누는 것에 꽤 소극적으로 굴었단다.

네 어머니는 그런 불리한 상황에서 헨리에타와 모종의 거래를 통해 가시적 성과를 이뤄낸 몇 안 되는 사람 중 한 명이었어. 그 거래를 통해 연구소는 꽤 많은 것을 얻었는데, 그중 하나가 식용 단백질 합성 기술이었단다. 충분한 배양액과 기술자 몇 명만 있다면 인구 10만의 도시를 100년 동안 먹여 살릴 수 있는 기술이었어. 네 어머니는 그걸 지구의 기술력에 맞춰 대량생산이 가능하도록 응용했고, 다음 해에 그 기술을 전 세계에 퍼뜨렸지. 네 어머니는 유명인사가 되었고 연구소에 투자했던 정치인들은 재선에 성공했다. 인류는 최소한 기아로 멸망하는 미래에서는 벗어난 것처럼 보였거든.

헨리에타의 기술로 만들어진 단백질은 한동안 아무런 문제가 없어 보였단다. 얼마 지나지 않아 극히 일부의 음식을 제외하면 모든 음식에 그 고기가 들어가게 되었어. 그러나 시간이 지나자, 몇천만 번에 한 번꼴로 단백질 합성 과정에 오류가 발생하기 시작했어. 무해한 배양육 대신 인간에게 치명적인 감염성 프리온 단백질이 합성되었지. 그건 잘 탐지되지도 않고 질병 발병까지 시간이 아주 오래 걸려. 적어도 10년에서 15년 이상. 그래서 병이 돌기 시작했을 때 원인을 파악하고 대처하는 데 시간이 걸렸지.

발병은 모든 곳에서 동시다발적으로 일어났단다. 환자들은 고열과 환각, 정신착란 증세를 보였어. 그들은 열병을 앓다가 대부분은 죽었고, 어쩌다 살아남아 코마에서 깨어난 사람들은 존재하지 않는 것들이 보인다고 헛소리를 하며 거리를 배회했어. 상황이 악화되자 누군가는 사상이나 종교가 다른 이들과 함께 죽기 위해 최후의 공격을 가했지. 수억 명이 죽어나가며 최소한의 인프라도 붕괴했어. 살 수 있었던 사람들이 죽고 죽어야 했던 사람들도 죽었지. 그렇게 구세계는 끝났단다, 얘야."

정신착란, 고열과 코마, 존재하지 않는 것을 보는 환각. 이미 알고 있는 구세계의 멸망보다 병을 묘사하는 단어들이 소년의 가슴에 서늘하게 스며들었다. 소년은 정신을 집중하기 위해 애써 손목에 온 신경을 쏟았다. 피부에 쓸리는 까슬한 밧줄의 감촉이 정신을 붙잡아두는 데 조금이나마 도움이 되었다.

"종말과 전쟁의 혼란을 틈타 헨리에타는 도망갔단다. 헨리에타에게서 해결책을 알아내려고 남아 있던 연구진들은 성공하지 못했어. 단지 그것이 이 연구소에 돌아오지 못하도록 최소한의 방비를 해놓을 수 있었을 뿐. 한명아는 최종 책임자였고, 마지막까지 남아 있던 사람 중 하나였어. 죄책감 때문이었는지 아니면 다른 이유 때문이었는지⋯⋯. 보안로봇에 그 사람 목소리가 녹음되어 있던 것도 그 때문이겠지. 어쨌든 최후엔 그 여자마저 도망쳐버렸지만."

권하는 한숨을 내쉬며 소년에게 한 발 가까이 다가왔다.

"이제 내가 질문할 차례야."

"이제 와서 그런 순서가 의미 있는 척하지 마요."

소년은 권하를 올려다보았다. 아까부터 자꾸만 숨이 가빠지고 시야가 흐렸다.

"그래. 의미 없지."

권하는 순순히 인정했다.

"하지만 이 문답을 시작하기 전부터 네가 내 포로였다는 걸 기억하렴. 질문에 답해. 이 가방들 말고 다른 소지품이 있니?"

"그걸 왜 묻죠?"

"네 어머니는 높은 사람이었고, 연구소를 탈출하며 쓸모 있어 보이는 건 죄다 긁어모아 가져갔어. 그중에 내가 찾는 게 있다고 해두지."

권하는 몸을 굽혀 살며시 소년의 눈가를 쓸어주었다. 그 손길은 너무 부드러워 언뜻 그가 소년을 걱정하고 있다고 착각하게 만들 정도였다.

"난 정직한 편이야. 네가 나에게 말해준 것보다 내가 너에게 말해준 게 더 많잖니. 너도 똑같이 정직했으면 좋겠구나. 네가 죽어도 나는 상관없어. 잘 생각해보렴."

권하의 손가락이 소년의 얼굴을 쓸어내리다 목덜미에서 오랫동안 머물렀다. 그의 손가락은 이상하게 차갑게 느껴졌다. '살아.' 누구의 것인지 모를 목소리가 소년의 가슴속에서 웅웅 울렸다. 무슨 수를 쓰더라도, 어떤 것을 내주더라도 당장은 살아남아야 했다. 모두가 허무하게 죽어버리고 도시와 문명이 모래 위 궁전처럼 무너진 후에도 소년은 10여 년을 더 살아남았다. 그건 이런 지하실의 더러운 방에서 초라하게 죽어가기 위해서가 아니었다.

"난 현우의 집에 있었어요."

소년이 떨리는 목소리로 말했다.

"이현우. 여기 연구원이요. 길에서 출입 카드를 찾아서 들어갔어요. 거길 베이스캠프로 삼아서 다른 짐들을 보관해놨어요."

권하의 시선이 탁자에 널린 소년의 짐에 닿았다. 가방 사이에 현우의 카드가 덩그러니 놓여 있었다. 권하는 카드를 집어 들었다.

"고맙구나. 진심이야."

권하가 천천히 말하고는 주머니에서 또 다른 홀로그램 카드, 아마 본인의 카드를 꺼내 철문으로 다가갔다. 소년이 다급히 외쳤다.

"잠깐, 이것만 말해줘요. 혹시 엄마가 여기……!"

권하는 돌아보지 않았다. 육중한 소리를 내며 철문이 닫혔고 방 안에는 오직 적막만이 남았다. 소년은 권하가 연구소를 빠져나가 현우의 집까지 가는 데 얼마나 걸릴지 그리고 그곳에 다른 짐을 두었다는 게 거짓말이라는 것을 알아내는 데 얼마나 걸릴지 생각했다.

소년의 몸은 단단히 묶여 있었지만 어떤 밧줄도 생각을 묶을 순 없었다. 소년은 어머니를, 검은 개와 고양이를 생각했다. 자신이 걸렸던 열병과 거쳤던 코마의 과정을 생각했다. 자신이 본 '죽음'들이 환각인지에 대해 생각했다. 그 생각들은 겨울날 소년을 사로잡았던 열병처럼 몸을 떨게 했다.

끝없이 이어지던 생각을 끊어낸 것은 두 가지였다. 하나는 생각만 해서는 어떤 답도 얻을 수 없으리라는 결론, 다른 하나는 작고 튼튼한 주머니칼이었다. 손목에서 접이식 나이프가 번뜩였다.

소년은 들개에게 쫓겨 가방을 잃어버린 덕에 뼈아픈 교훈을 얻었다. '계란을 한 바구니에 담지 마라.' 소년은 현우의 집에서 찾은 천과 바늘을 이용해 중요한 것을 넣어둘 비밀 주머니를 옷 안에 만들어두었다. 하나는 소매에, 하나는 가슴팍에.

서늘한 칼날이 손목 사이를 몇 차례 오가고 마침내 밧줄이 끊어져 바닥으로 떨어졌다. 소년은 소매 안쪽 비밀 주머니에 주머니칼을 도로 집어넣었다. 권하가 가져가지 않은 가방을 챙기고 신경질적으로 서랍도 뒤졌다. 각설탕 한 봉지와 휴대용 EMP 장치가 눈에 띄었다. 소년은 그것들을 주저 없이 주머니에 쑤셔 넣었다.

철문 앞에 서자 인식 패드가 출입 권한을 요구하며 반짝였다. 소년은 웃옷 안쪽 깊숙이 손을 집어넣었다. 두 번째 비밀 주머니가 만져졌다. 가장 소중한 물건들을 따로 빼놓은 곳이었다. 동그란 테라리움, 어머니의 책상에 있던 정체불명의 기계, 그리고…….

—0급 출입 권한 확인

소년은 어머니의 홀로그램 카드를 도로 품 안에 넣었다. 연구소의 어디든 갈 수 있고, 무엇이든 확인할 수 있는 가장 높은 권한이라 누구라도 이 카드를 탐낼 만했다. 소년은 어느 것도 순순히 빼앗길 생각이 없었다.

'이건 우리 엄마 물건이었어, 그러니 이제 내 소유야.'

소년은 활짝 열린 철문을 빠져나가며 그렇게 생각했다.

복도는 두꺼운 철벽으로 보강되어 있었다. 역시 창문은 없었고 방폭 표시와 연구소의 마크가 그려져 있었다. 권하가 멀리까지 끌고 온 것은 아닌 것 같았다. 소년은 이곳이 연구소의 지하일 것이라고 추측했다. 소년은 미로처럼 펼쳐진 지하의 갈림길들을 무시하고 곧장 지상으로 이어지는 계단을 찾아 올랐다. 지상은 동트기 직전의 짙은 어둠에 잠겨 있었다. 새벽과 밤의 경계였다. 소년은 비틀거리며 잔해를 헤치고 걸었다.

'잔해?'

소년은 흠칫 돌덩이에서 손을 떼었다. 그가 있는 곳은 사진이 걸려 있던 연구소 본관 건물 바로 아래였다. 양옆으로 아까의 그 연구동 건물들이 날개처럼 펼쳐진 것이 보였다. 그러나 불과 몇 시간 전까지만 해도 굳건히 서 있던 건물은 흔적도 없이 사라졌다. 남은 것은 돌 더미와 그슬린 벽 같은 건물의 잔해뿐이었다. 호수 건너편에서 보았던, 연구소 동편의 폐허와 같았다.

깨달음이 싸늘한 바람처럼 소년을 스쳤다. 소수의 연구자들이 남아 의심스러운 존재가 들어오면 청천벽력 경보가 울려 연구동을 파괴하게 했다고 권하는 말했다. 연구소에 남아 있던 보안로봇은 소년을 보고 그 '의심스러운 존재'라고 판단해서 경보를 울렸다. 그 결과물을 소년은 보고 있었다. 완전히 무너진 연구소의 건물.

소년은 어머니를 통해 연구자라는 부류가 어떤 사람들인지 알았다. 만약 구세계의 연구자들이 어머니와 같다면 그들은 자신이 이루어놓은 성과를 잿더미로 돌리느니 죽음을 택할 사람들이었을 것이다. 소년은 문득 두려워졌다.

'대체 헨리에타는 어떤 존재길래 이런 선택까지 한 걸까?'

바람이 불었다. 찬 바람이 재촉하듯 소년의 등을 밀어왔다. 소년은 전기 울타리가 얼마나 위험한지 알고 있었기에 연구소 뒤편의 산을 넘는 대신 호수의 다리를 다시 건너는 길을 택했다. 로봇이나 권하에게선 숨거나 도망칠 수 있지만 수천 볼트의 전압에 걸리면 살아날 수 없었다. 소년은 무사히 다리를 건너 점점이 핏자국이 남은 거리를 지났다. 들개의 핏자국이었다. 공포로 몸이 둔해져 봐야 좋을 것이 없었다. 애써 로봇과 들개에 대해 생각하지 않으려 했지만 그 노력은 다른 연상작용으로 이어졌다.

소년은 검은 개를 떠올렸다. 가슴이 시큰거렸다. 소년은 자신이 벙커에 홀로 남은 후 스트레스를 많이 받았음을 알았다. 극한에 몰린 상황에서 검은 개의 존재는 현실을 받아들이는 데 큰 도움을 주었다.

'결국 검은 개는 병 때문에 보았던 환상이었을까?'

홀로 남은 상황에서 살아남기 위해 상상의 친구를 만들어냈다는 쪽이, 병을 이겨내고 죽음의 문턱에서 살아난 덕분에 죽음을 볼 수 있게 되었다는 것보다 훨씬 말이 되는 것 같았다. 소년은 조심스럽게 이마를 문질렀다. 만약 지난겨울 앓았던 열병이 구세계를 멸망시킨 바로 그 병이었다면 어머니가 예고 없이 벙커를 나간 이유는 치료법을 찾기 위함이었을지도 모른다.

그 순간 어떠한 경고도 조짐도 없이 머리 없는 사냥개 같은 로봇이 회색 벽에서 튀어 올랐다. 로봇은 허공에서 여덟 개의 다리를 활짝 펼치며 거미가 되어, 마른하늘의 벼락처럼 소년에게 내리꽂혔다. 소년은 외마디 비명과 함께 쓰러졌다. 로봇은 네 개의 다리로 몸을 지탱하고 두 개의 다리로 소년을 움켜쥔 채, 나머지 두 개의 다리로 소년의 몸을 빙글빙글 돌려 두꺼운 그물에 묶었다. 소년이 옴짝달싹 못 하는 처지가 되기까지 30초도 걸리지 않았다.

소년의 눈꺼풀과 입만이 파르르 떨렸다. 로봇은 기다란 바늘로 소년의 몸을 찔렀다. 너무 깊어서 그것은 소년의 몸을 거의 관통할 뻔했다. 보안로봇 때와 달랐다. 상상도 못 할 만큼 아팠다. 도와달라는 외침도, 그만하라는 애원도 모두 소용없었다.

비명이 끝났을 때 소년은 바닥에서 몸부림치다 흙투성이가 되었고 손가락 하나 까닥하지 못할 정도로 탈진했다. 소년의 지친 몸은 바닥에 질질 끌리는 아픔을 느끼지 못했다. 그러나 공포만은 날카로운 면도날처럼 생생했다. 로봇은 탑으로 향하고 있었다.

*

소년의 얼굴 위로 피인지 땀인지 눈물인지 알 수 없는 액체가 흘러내렸다. 소년을 운반하는 로봇은 소년을 위로 아래로 마구잡이로 흔들어댔다. 밝아오기 시작하는 하늘과 거리가 소년의 시야에 어지럽게 뒤섞였다. 입 안에서 쓰디쓴 진흙 맛이 났다. 로봇이 탑을 둘러싼 바리케이드 앞에서 몇 초 정도 가만히 서 있자 잠시 후 입구가 열렸다.

로봇은 탑 안으로 들어가는 대신 개미처럼 탑의 표면을 타고 오르기 시작했다. 소년은 꿈틀거리며 미약한 반항을 시도하다가 지면으로부터 점점 멀어지자 겁에 질려 움직임을 멈췄다. 로봇은 건물 전체를 감싸고 있는, 소년이 마치 나뭇가지 같다고 생각했던 검은 철골로 다가갔다. 가까이서 보니 그것은 철로 만들어진 게 아니었다. 소년이 한 번도 본 적 없는 낯선 재질이었다. 로봇은 탑의 표면을 감싼 차가운 골조의 어느 한 부분을 두드렸다. 소년의 눈에 여느 곳과 똑같아 보이는 지점이었다. 길쭉한 다리가 구조물의 표면을 두드리자 틈이 열렸다. 로봇은 네 개의 다리를 기민하게 움직여 안으로 기어갔다.

내부는 일종의 통로 같았다. 매끄럽고 구불구불한 벽을 타고 로봇들이 쉼없이 돌아다니고 있었다. 소년은 건물의 피부밑을 바글바글 돌아다니는 로봇들을 떠올리며 본능적으로 몸서리쳤다. 로봇은 벌레가 잎맥 속을 돌아다니듯 움직였다.

어느 순간 로봇이 멈추고 바닥의 문이 열렸다. 로봇은 소년을 들고 그 안으로 들어갔다. 내부는 간신히 앞을 볼 수 있을 정도로 어두웠다. 로봇은 소년을 짐처럼 떨구었다. 몸이 바닥에 닿자마자 주위로 투명하고 단단한 판이 올라와 저들끼리 들러붙어 투명한 케이지를 만들었다. 케이지가 완성되자 소년을 옭아매고 있던 그물이 풀렸다. 소년은 흐늘흐늘해진 그물을 떨쳐내고 경계 자세를 취했다. 투명한 벽 바깥에서 로봇이 소년을 빤히 응시하고 있었다.

로봇의 눈이 어딘지는 몰랐지만 명백하게 느껴지는 시선이 소년을 긴장시켰다. 소년의 품에는 훔쳐온 EMP가 있었지만 차마 사용할 엄두를 내지 못했다. 소년은 이 케이지를 벗어날 방법도 케이지 판의 EMP 차단 여부도 알지 못했다. 이 EMP가 일회용인지 아닌지, 헨리에타의 로봇에게 EMP가 통할지 아닐지, 아무것도 몰랐다. 소년은 움직이지 않았다. 로봇이 자신을 여기까지 끌고 오는 데 많은 수고를 들였으니 자신을 날벌레처럼 죽여버리지 않기만 바랐다.

로봇이 움직였다. 그것은 몸을 돌려 벽을 타고 오르더니 들어왔던 문으로 휙 나가버렸다. 소년은 긴장을 풀어야 할지, 아니면 오히려 더 긴장해야 할지 알지 못했다. 답은 금방 나왔다. 드드드득 하는 소리가 들리며 바닥에 난 단순한 금이라고 생각했던 곳에서 길쭉한 기계 팔이 튀어나왔다. 기계 팔은 소년이 갇힌 케이지를 들어 올려 커다란 금속 실험대 같은 곳에 올려두었다. 그러자 실험대에서 새로운 팔이 튀어나왔다.

소년은 케이지의 투명한 판이 구세계에 흔했던 형상기억 플라스틱이라고 생각했다. 저들끼리 들러붙는 것이나 파괴할 수 없는 단단함은 그렇게밖에 설명되지 않았다. 하지만 기계 팔이 접근하자 표면이 스스로 갈라지며 팔이 통과할 수 있는 크기의 균열을 만들어내는 것은 형상기억 플라스틱이 할 수 있는 일이 아니었다. 소년은 다급히 EMP로 손을 뻗었다. 그러나 기계가 우악스럽게 양팔을 잡아채는 게 먼저였다. 붉은빛이 한차례 소년을 훑고 지나갔다.

'레이저 스캐너?'

소년은 그렇게 짐작했지만, 자신의 추측에 너무 확신을 갖지 않기로 했다. 팔은 허리춤의 보조 가방은 가져갔지만 등에 멘 보따리는 가져가지 않았다. 무슨 차이인지 소년은 알 수 없었다. 어쩌면 보따리는 등에 납작하게 달라붙어 있어서 몸이나 옷의 일부라고 생각했을 것도 같았다. 팔의 손끝에서 뾰족한 바늘이 솟아났다. 소년은 겁에 질려 비명을 지르며 버둥댔다. 팔은 소년을 진정시키려는 듯 토닥거리다 재빨리 소년의 피부조직을 채취해 가져갔다. 아프진 않았다. 팔은 바늘로 찌른 자리에 하얀 헝겊으로 만든 반창고를 붙여주었다.

팔은 소년의 피부 조각을 길쭉한 시험관 같은 용기에 넣더니 단단히 밀봉해 벽에 집어넣었다. 소년은 그제야 자신이 있는 방에 수없이 많은 서랍이 달려 있다는 것을 깨달았다. 작은 손잡이가 달린 손바닥만 한 문이 천장과 바닥을 포함한 모든 면을 뒤덮고 있었다. 마치 벙커의 금고방을 연상시켰다. 금이나 루비, 사파이어처럼 예쁘지만 별 쓸모가 없는 것들만 가득해 잘 들어가지 않던 방이었다. 팔이 문을 여는 순간 뿌연 김이 흘러나온 것으로 볼 때 이곳의 금고 내부는 아주 차가운 게 분명했다.

기계 팔은 소년을 케이지째로 문 앞으로 들고 갔다. 문은 오염물질 유입을 차단하는 이중 에어록 구조였다. 벙커의 문과 똑

같았다. 기계는 이중의 문을 통과하며 세 번의 소독 절차로 추정되는 과정을 수행한 후 소년을 구역 안으로 들여놓았다. 소년은 팔이 다시 문을 통해 나갈 것이라 생각했다. 하지만 그것은 소년의 예상을 비웃기라도 하듯 바닥으로 스륵 모습을 감추었다. 소년은 자신의 상식이 여기에서 통하지 않음을 다시 한번 되새겼다.

팔이 사라지자 케이지도 녹아 사라졌다. 소년은 비틀거리며 걸어 나왔다. 소년이 있는 곳은 아까보다 조금 큰 공간이었다. 벙커의 가장 큰 방보다 세 배 정도 더 커 보였다. 어머니였다면 축구장 반 개 넓이라고 표현했을 것이다. 소년은 위를 올려다보았다. 높은 천장에 빗살무늬 모양으로 구멍이 뚫려 있어 그곳으로 빛과 신선한 공기가 들어왔다.

최대한 희망적으로 생각하고 싶었지만 소년은 이곳의 형태가 채집통을 연상시킨다는 생각을 떨칠 수 없었다. 벙커의 재배실과 배양실에 처음 보는 곤충이나 곰팡이가 생기면 어머니는 일부만 살려 채집통에 넣고 관찰했다. 농사에 도움이 되는 익충이거나 이로운 균이라고 판단되면 살려두었다. 쓸모가 없어 보이면 통을 소각기에 넣고 불태웠다. 소년은 입술을 잘근잘근 깨물었다.

소년은 이중 에어록을 열려는 의미 없는 시도를 몇 번 했다. 꿈쩍도 하지 않았다. 소년은 실망하지 않으려고 애썼다. 벙커에 있던 에어록은 이론적으로는 핵폭탄 폭심지 한가운데 있어도 끄떡없는 것이었다. 이곳의 에어록 수준이 아무리 떨어져도 승산 없는 도전이었다. 소년은 소매에 든 나이프와 휴대용 EMP의 무게감을 느끼며 애써 마음을 진정시켰다.

그때 구석에서 들려온 낑낑거리는 소리가 소년의 주의를 끌었다. 방에는 드문드문 나무와 수풀이 있었는데 진짜 식물이 아니라 플라스틱과 스티로폼이었다. 그 스티로폼 수풀 뒤에서 소리가 들리고 있었다.

익숙한 형체가 보였다. 회백색 들개 한 마리. 다리에는 피에 젖은 붕대가 감겨 있었다. 들개는 목덜미 부분 털이 조금 깎여 있고 그 위에 소년의 것과 같은 헝겊 반창고가 붙어 있었다. 개는 소년과 눈을 마주치자 자리에서 벌떡 일어났다. 경계하는 태세였다. 들개의 악물린 이빨 사이로 식식거리는 신음이 새어 나왔다. 소년이 주춤주춤 뒤로 물러나다가 발을 헛디뎌 넘어지는 순간, 들개는 잔뜩 힘을 준 용수철처럼 사납게 튀어 올랐다. 그러나 들개는 괴로운 비명을 지르며 다시 쓰러졌다. 작살에 꿰뚫린 뒷다리가 아직 낫지 않는 듯했다. 무리한 움직임에 상처가 다시 찢어졌는지 붕대 위로 붉은 피가 새어 나왔다. 소년은 긴장한 채 몸을 일으켰다.

그 순간 바닥이 갈라지더니 기계 팔들이 다시 모습을 드러냈다. 더 크고 단단해 보이는 팔은 세 갈래로 갈라진 집게로 들개의 목덜미를 바닥에 처박듯 고정했다. 그러고는 몇 개의 집게를 더 꺼내 들개의 몸뚱이를 붙잡고 붕대를 서걱서걱 잘라냈다. 들개는 애처롭게 낑낑거리는 소리를 내며 버둥거렸다.

소년이 EMP를 꺼내 기계 팔을 겨눈 것은 그야말로 충동적이었다. 버튼을 누르자 기계 팔이 번개에 맞은 것처럼 마구잡이로 경련했다. 소년은 급히 들개를 기계 팔의 손아귀에서 빼냈다. 들개는 입에 거품을 물고 떨면서 소년에게 몸을 기댔다. 거친 털 너머로 따뜻한 피부가 느껴졌다. 그런 살아 있는 존재의 온기가 너무나 오랜만이라 소년은 저도 모르게 개의 몸뚱이를 끌어안았다. 들개 역시 정신이 없는지 소년의 체온에 달라붙었다. 소년은 제 품에 안겨 식어간 회색 강아지를 떠올렸다. 소년의 시야에 기계 팔 끝에 달린 스프레이가 들어왔다. 소년은 개의 상처에 스프레이를 뿌렸다. 들개는 조금 으르렁거렸지만 소년에게 기댄 몸을 떼지 않았다.

조금 떨어진 곳에서 다시 팔이 튀어나왔다. 이번 것은 더 얇고 길었다. 소년은 다시 EMP를 겨눴지만 버튼을 누를 틈도 없이 기계 팔이 먼저 소년의 손목을 쳐 날려버렸다.

"안 돼!"

소년이 외치자 순간적으로 기계 팔이 우뚝 멈췄다. 소년은 급히 EMP를 다시 주워 들고 기계를 겨눴다가 멈춰 섰다. 기계 팔이 마치 호기심 많은 뱀처럼 소년을 응시하고 있었다. 다가오지도, 공격하지도 않았다. 소년은 떨리는 몸으로 들개를 보호하는 것처럼 막아섰다.

바닥이 다시 갈라지고 기계 팔이 그 안으로 모습을 감추었다. 소년은 들개 옆에 털썩 주저앉았다. 사시나무 떨듯 떨리는 와중에 방금 무슨 일이 일어난 건지 이해하려 애썼다. 들개는 끙끙거리며 몸을 움츠렸다.

아래에서 철커덕거리는 소리가 들려왔다. 소년은 들개의 목덜미를 꽉 끌어안으며 주위를 경계했다.

그 순간 바닥이 갈라졌다. 소년과 들개가 앉아 있던 바로 그 위치였다. 기계 팔이 나올 만큼만 작게 열렸던 전과 달리 이번에는 둘을 한 번에 삼켜버릴 만큼 크게 벌어졌다. 소년과 개는 순식간에 추락했다.

소년과 들개는 서로 엉겨 붙은 채 투명한 판 너머와 형형색색의 회로가 얽힌 만화경 같은 통로로 떨어졌다. 이상한 추락이었다. 빛이 정신없이 번쩍거리고 속이 울렁거렸다. 어디가 위이고 아래인지도 알 수 없었다.

떨어지며 소년은 EMP를 몸 가까이 끌어당겼다. 적어도 이것은 소년이 이해할 수 있는 기술이었다. 다이얼을 돌려 출력을 최대로 맞추고 버튼을 세게 눌렀다. 번쩍, 주변의 회로가 불꽃처럼 튀어 올랐다. 눈이 불타는 듯 아프고 눈물이 줄줄 흘렀다. 주위의 투명한 판 몇 개가 비늘처럼 떨어져 나가는 모습을 보다 질끈 눈을 감았다.

소년과 개는 알 수 없는 공간에 내팽개쳐졌다. 소년은 몸을 동그랗게 만 채로 한 바퀴 구른 뒤 벽에 부딪혀 멈췄다. 소년은 아직 앞이 하얗게 점멸하는 눈을 문지르며 몸을 일으켜 앉았다.

"괜찮아."

소년이 중얼거렸다. 손으로는 허공을 더듬거리며 동행자를 찾았다.

"우린 괜찮아. 이리 와."

개는 비틀비틀 몸을 일으켰다. 아까 뿌려준 스프레이에 진통 효과가 있었는지, 한결 편해진 몸놀림이었다. 하지만 어리둥절한 눈빛으로 주위를 둘러보더니 소년을 돌아보지도 않고 빛이 들어오는 쪽으로 달려갔다.

"뭐 하는 거야, 돌아와!"

소년은 따라가려 했지만 시야가 핑 돌아 넘어지고 말았다.

"내가 구해줬잖아! 날 못 믿겠다는 거야?"

들개는 이내 모습을 감추었다. 소년은 화가 나서 고래고래 악을 썼다.

"그래, 가! 가버려! 나도 너 따위 필요 없어!"

두통과 어지러움이 사라질 때까지 소년은 분을 삭이며 벽에 머리를 기대고 있었다. 시야가 완전히 돌아오고도 한참 후에야 소년은 들개가 달아난 반대편으로 힘겹게 걸음을 옮겼다.

갈림길이 너무 많았다. 소년은 한 가지 원칙을 지켰다. 언제나 같은 방향으로 간다. 수평으로는 왼쪽, 수직으로는 아래쪽으로. 소년이 바라는 것은 여기서 굶어 죽기 전에 나가는 것뿐이었다. 열심히 노력해야 이룰 수 있는 목표였다. 잡혀 오며 본 탑의 규모를 생각한다면 말이다.

몇 번 아래쪽으로 투명한 창이 난 구역을 지난 덕에 탑의 내부를 들여다볼 수 있었다. 자신이 갇혀 있던 곳과 비슷한 공간이 몇 군데 있었는데 거기에는 소년이 도감이나 다큐멘터리에서만 봤던 야생 동식물이 있었다. 또 소년은 어마어마하게 거대한 저온 저장실도 보았다. 천장에 달린 길쭉한 기계 팔들이 안에 든 것들을 정리하고 있었다. 관찰한 결과 팔들이 옮기고 있는 것은 크기도, 모양도, 색깔도 제각각인 씨앗이었다. 씨앗을 분류하고 골라내고 있었는데 무슨 기준인지 알 수 없었다. 좀 더 자세히 보고 싶었지만 가장 긴 팔 하나가 작업을 멈추고 의심스럽다는 듯 소년이 숨어 있는 곳으로 다가오는 바람에 서둘러 도망쳐야 했다.

소년은 주머니의 각설탕을 꺼내 입에 물고 몇 시간을 더 걸었다. 그러다 입 안에 차오르는 텁텁한 느낌에 억지로 침을 뱉고 보니 침에는 흙과 피가 섞여 있었다. 더는 걸을 수 없어졌을 때 소년은 쓰러지듯 구석에 몸을 웅크리고 쪽잠을 잤다. 꿈속에서도 소년은 미로에 있었다. 소년은 환풍구 속을 돌아다니는 쥐였다. 필사적으로 뜀박질해도 출구를 찾지 못하는 쥐.

불편한 잠에서 깨어나 눈을 떴을 때 얼굴 위로 약하게 바람이 불어오고 있었다. 잠들기 전에는 느끼지 못했던 것이었다. 소년은 몽유병 환자처럼 비틀거리며 걸음을 옮겼다. 천장에 매달린 거대한 집게들이 일렬로 향하는 곳에서 바람이 불고 있었다.

집게의 움직임은 마치 거대한 컨베이어 벨트처럼 규칙적이었고, 여차하면 뛰어내릴 수 있을 정도로 느려 보였다. 집게에 파인 홈은 소년의 손으로 잡을 수 있을 크기였다. 소년은 잠시 망설이다가 타이밍을 맞춰 집게에 올라탔다. 소년이 올라탄 순간 그것은 미세하게 속도를 올렸다. 집게가 덜컹거리며 복도를 벗어나는 순간, 훅 하고 센 바람이 불어왔다.

소년은 지금 자신이 죽어서 다른 세계로 건너온 것이 아닐까 의심했다. 눈앞에 펼쳐진 풍경은 그만큼이나 이질적이었다.

맨 먼저 느껴진 것은 울렁거림이었다. 좁은 곳에 있다가 갑자기 광대한 공간으로 나왔을 때 느껴지는 극심한 어지럼증. 갑자기 들이친 강한 빛과 바람도 그 현기증을 악화시켰다. 소년은 고개를 숙이고 헛구역질을 참았다. 한참 시간이 걸렸지만 소년은 조금씩 눈을 떠보다가 마침내 완전히 눈을 뜨는 데 성공했다. 눈앞에 둥근 풍경이 펼쳐졌다. 소년은 탑의 상단부, 용도를 알 수 없던 거대한 구 안에 들어와 있었다.

구의 표면은 밖에서는 불투명한 검은 유리로밖에 보이지 않았지만 안에서는 밖이 전부 투명하게 보였다. 거대한 둥근 유리 너머로 도시의 풍경이 끝없이 펼쳐졌다. 저녁놀이 붉게 건물 사이를 물들였다. 노을빛으로 물든 바다가 빌딩 숲 너머에서 넘실거렸다. 두 개 동이 무너진 연구소와 투명한 호수가 바로 아래에 조그맣게 내려다보였다. 그 풍경은 소년이 감당할 수 있었다. 직접 본 적은 없지만 항공 사진이나 마천루의 영상 따위로 수없이 봐온 모습이었다. 그러나 구 내부의 모습은 소년을 두렵게 만들었다.

구 안의 공기는 따뜻하고 적당히 촉촉했다. 잘 관리된 온실이나 식물원처럼 딱 기분 좋을 정도의 온도와 습도였다. 그 공간은 바깥에서 들어오는 자연광으로만 관리되는 게 아니었다. 구의 중심에 거대한 원통 모양의 광원이 있었다. 원통형 광원은 빛과 열기를 내뿜고 있었는데 위치와 높이에 따라 그 정도를 다르게 조절하고 있는 것 같았다. 곳곳에 광대한 판이 보였다. 판은 구의 내부 표면을 따라 서로에게 그림자를 드리우거나 닿지 않도록 드문드문 배치되어 있었다. 판 위는 얇고 투명한 막이 씌워져 있고 그 안에 온갖 생물들이 돌아다녔다.

가장 아래쪽 판에 있는 동물들은 괜찮았다. 소년도 코끼리나 기린 따위가 어떻게 생겼는지는 알았다. 그 옆을 뛰노는 작은 동물들은 너무 멀어서 무엇인지 잘 보이지 않았지만 흔한, 혹은 흔했던 동물 같았다. 무성히 자란 식물들도 정교하게 구성된 생태계일 뿐 이상한 모습은 아니었다. 그러나 위로 올라갈수록 생물들의 형태가 점점 소년의 상식을 벗어나기 시작했다.

어떤 것들은 눈에 익었다. 조금 낯설긴 했지만 자세히 보면 검치호나 모아 같은, 한때 지구에서 번성했지만 이제는 멸종한 생물이라는 걸 알아볼 수 있었다. 어떤 것들은 도저히 알아볼 수 없었다. 소년이 무지해서 모르는 것은 아니었다. 파란 수액을 흘리는 나무나 홀수 개의 다리가 달린 포유류, 겹눈을 가진 새처럼, 자연에 존재하기 어려운 모습을 하고 있었기 때문이었다.

소년을 태운 집게가 구 안쪽을 따라 최상부로 올라왔을 때 보이는 것들은 생물이 맞는지도 의심스러웠다. 희미하게 빛나는 둥근 젤라틴 덩어리 같은 물체들이 느리게 판 위를 돌아다녔다. 그것은 계속 모습을 바꾸었다. 뿔이나 물갈퀴처럼 언뜻언뜻 익숙한 모양이 보이기도 했지만 그것도 잠시, 눈 한 번 깜빡일 시간에 덩어리들은 다시 알 수 없는 모양으로 변해버렸다. 판 가장자리를 위태롭게 기어다니던 큰 덩어리 하나가 몸체를 아몬드 모양의 눈동자처럼 만들어 소년을 응시했다. 거대한 눈동자는 한순간도 흔들림 없이 소년을 직시하다 다음 순간 허물어져 제 모습을 잃었다. 소년은 두려움에 떨면서도 시선을 돌리지 않았다. 덩어리는 느리게 기어 판 위에 조성된 숲속으로 모습을 감추었다.

이내 소년은 안도와 두려움을 동시에 느꼈다. 좋은 소식은 집게가 결국 멈췄다는 것이고, 나쁜 소식은 멈춘 곳이 꼭대기 층, 구의 가장 윗부분이었다는 것이다. 소년은 집게가 다시 아래로 내려가길 바라며 고집스럽게 버텼지만 집게는 미동도 하지 않았다. 그러다 소년이 내리자마자 아래로 내려가버렸다. 꼭대기 층은 황량했다. 있는 것은 벽에 난 문 하나뿐이었다. 다가가자 문이 스르륵 열렸고, 소년은 자포자기하는 심정으로 안으로 들어갔다.

*

광활하다고 해도 좋을 정도로 넓고 또 텅 빈 곳이었다. 바닥은 투명하고 둥글었는데 거대한 렌즈를 둥근 부분이 아래로 가도록 뒤집어놓은 듯한, 움푹한 그릇 같은 모양새였다. 투명한 바닥을 내려다보니 탑 상단부의 전경이 눈에 들어왔다. 이곳에 서 있으면 소년이 올라오며 본 기묘한 풍경들을 한눈에 볼 수 있었다. 소년은 쓰러지지 않기 위해 벽을 붙잡고 섰다.

'괜찮아, 떨어지지 않을 거야.'

소년은 숨을 몰아쉬며 되뇌었다. 소년은 현기증을 느끼고 있었다. 사실 소년은 지금 자신이 안전하리라는 확신이 없었다. 그러니 아무리 괜찮다고 자신을 달래도 후들거림은 멎을 기미를 보이지 않았다.

문이 닫히고 바닥이 점차 불투명해졌다. 색이 점점 진해지더니 완전한 검은색이 되었다. 그래도 어둡진 않았다. 대신 천장이 살짝 투명해져 햇빛을 사분의 일 정도 투과시키고 있었다. 천장의 덮개는 희고 반투명한 유리처럼 변했고, 내부에는 여러 색으로 빛나는 회로가 우주의 별자리처럼 빼곡하게 박혀 있었다. 주홍색 노을빛이 천장을 투과하며 별자리가 아름답게 빛났다. 그 모습은 유리에 금이 간 것 같기도 했고, 박제된 산호의 줄기 같기도 했다.

분명 낯설어야 할 그 모습이 익숙했다. 꼭대기 방 안의 온도는 구 아래쪽보다 낮아 소년은 팔짱을 껴서 스스로 끌어안았다. 가슴팍에서 불룩한 부피감이 느껴졌다. 테라리움과 카드 그리고 그 기계였다. 어머니가 벙커에 카드와 함께 남기고 갔던 정체불명의 기계.

벙커에서는 이질적인 형태였던 기계지만 이곳의 천장과는 모양이 비슷했다. 다만 이곳 천장은 어머니의 기계와 달리 볼 때마다 회로의 배치가 바뀌지 않았고 오래 보아도 어지럽지 않았다. 소년은 문득 지켜보는 눈이 있으리라는 직감에 재빨리 팔을 풀었다. 바닥에는 자신을 유도하듯 일렬로 불이 켜져 있었다.

단순히 바닥이 불투명해진 것뿐인데도 아까보다 두려움이 훨씬 덜했다. 소년은 불을 따라 정중앙을 향해 조심스럽게 걸어갔다. 한참이 걸려 도착한 불빛의 끝에서 갑자기 목소리가 들려와도 소년은 이제 놀라지 않았다.

[이제야 온 건가요?]

소년은 헨리에타라는 이름 때문에 무의식적으로 그가 여성이라 생각하고 있었다. 그러나 들려온 목소리는 여성의 것도 남성의 것도 아니었다. 어떻다고 꼭 집어 말하기 어려운 목소리였다. 탑 자체가 직접 소년에게 말을 건다면 이럴 것만 같았다.

"당신이……."

목소리가 갈라져 나와 말을 멈추고 기침을 했다. 한 번 기침이 나오자 봇물 터지듯 터져 나왔다. 소년은 양손으로 입을 감싸고 새우처럼 몸을 구부렸다. 혓바닥에서 쓴맛이 났다. 입가를 문질러 닦자 거칠거칠한 질감과 함께 흙이 묻어났다. 소년은 탑 바깥에서 로봇에게 잡히며 흙바닥을 뒹군 일을 떠올렸다. 소년은 거칠게 얼굴을 문질러 닦았다.

"당신이 헨리에타군요."

[그런 셈이죠.]

목소리가 말했다.

"당신은 원하는 게 뭐예요?"

[이 행성에 있는 복수의 '헨리에타' 모듈 중 지금 이 시간, 이 장소에 있는 내가 성취하고자 하는 목표는 서른세 가지. 그중 이 행성 생명의 평균 개체 사고력으로 이해할 수 있는 목표는

일곱 개. 내게 묻고 싶은 게 있다면 부디 질문을 명확하게 해주길 바랍니다.]

"날 여기 데려온 이유요. 처음엔 웬 로봇이 날 붙잡아 곤충 채집통 같은 곳에 가둬놓았고, 기껏 빠져나왔더니 이상한 집게가 날 집어 이곳으로 데려왔죠. 당신이 그런 거 맞죠?"

[네. 당신이 이곳에 올 수 있도록 건물 구역과 통로의 배치를 바꾼 게 나입니다.]

눈앞의 존재에 대한 두려움이 새삼 등줄기를 타고 올라왔다. 여기에서 빠져나갈 방법은 처음부터 없었다. 헨리에타가 허락하지 않는 한.

소년은 헨리에타가 지금 자신의 눈앞에 있는 것이 맞을지 알 수 없었다. 그의 본체는 탑 어디에든 있을 수 있었다. 어쩌면 탑 전체가 헨리에타일지도 모른다. 소년을 꼭대기로 데려온 것은 헨리에타가 여기에 있어서가 아니라 단순히 소년에게 압박과 경외감을 주기 위해서일지도 모를 일이다.

"하지만…… 하지만 왜요? 나한테 왜 그런 거죠?"

[당신을 건물에 데려온 이유를 묻는 거라면, 내가 이 행성의 생태계를 보존하고 있기 때문이에요. 나는 지구의 생명체들에게 깊은 관심을 가지고 있답니다. 올라오면서 내 온실을 보았겠죠? 대부분은 탑의 하단부에 데이터화해서 보관하는 것을 선호하지만 어떤 것들은 실제 생명체로 만들어 생태 그물을 직접 짜

보고 있지요. 개인적으로 실험하고 있는 것도 있고요.]

헨리에타는 음정이 정확히 들어맞는 노래처럼 말했다.

[당신을 건물로 데려온 방식을 묻는 거라면, 프리온 바이러스가 생성된 후 먹이그물을 통해 퍼져나간 바람에 샘플 채집을 서두르기 위해 약간 폭력적인 방법을 택할 수밖에 없었다고 답하죠. 당신은 처음으로 채집한 종이라 분류 전 임시 공간에 놔두었던 것이고요. 그곳을 채집통이라 부르다니 재미있는 명명이군요. 나는 온실이라는 명칭을 선호하지만 인간에게 이 공간의 성격을 쉽게 이해시키려면…… 차라리 이렇게 부르는 게 직관적이겠군요. '방주'라고요.]

뻔뻔할 정도로 태연한 헨리에타의 말에 소년은 숨이 턱 막혔다. 헨리에타에게 느낀 두려움은 이내 분노로 변했다. 이 형편없는 외계 컴퓨터에 목매달던 구세계 사람을 모조리 비웃어주고 싶은 심정이었다. 치밀어 오르는 분노가 이 공간에서 느껴지는 압박감마저 지워냈다.

"방주? 방주라고요? 당신이 무슨 권리로 여기에 그런 걸……! 마치 지구를 신경 쓰기라도 하는 것처럼 말하네요. 병을 퍼뜨린 게 당신이잖아요. 세상이 망한 건 당신 때문이에요!"

당신 때문이다. 어머니 때문이 아니라. 소년은 뒷말을 시큼한 입 안으로 꾹꾹 눌러 담았다.

[인류가 멸종한 것은 내 잘못 때문이 아니에요.]

헨리에타가 나지막하게 말했다.

[나는 경고했습니다. 지구의 환경과 생물 특성에 관한 정보가 부족해서 위험한 기술을 걸러주는 게이트키퍼 역할을 해줄 수 없다고. 유용한 기술을 원한다면 내게 정보를 달라고. 그들은 내 경고를 협박이나 협상 제안으로 잘못 받아들였죠.

'프리온'이라는 물질이 모든 탄소 생명체에게 위험하다고 생각하나요? 쌍성계의 생명체에게는 섭씨 100도 안팎의 온도 변화는 위험하지 않아요. 산소 농도가 0.1퍼센트 미만인 행성의 유기체들은 노화가 산화작용을 통해 이루어지지 않고요. 이 행성에 발발한 질병은 결코 내가 의도한 바가 아니에요.]

한순간이었지만 소년은 헨리에타가 화가 났다고 생각했다. 그러나 다시 이어지는 헨리에타의 목소리는 평온하기 그지없었다. 어떤 가치판단도 없이 무결한 목소리였다. 화가 났던 것은 헨리에타가 아니라 자신이었나 하는 생각까지 들 정도였다.

[만약 분노할 권리를 누군가 가질 수 있다면 그건 내게 있어요. 절박하고 어리석은 이들이 대화를 시도하는 척 다가와서 내 부품을 부수고 뜯어내 강제로 정보를 가져갔으니까. 그들은 피라냐 떼와 같았어요. 거칠고 탐욕스러웠죠. 내가 그들에게 불을 주지 않은 건 이유가 있었는데도 말이에요.]

"아까는 노아인 척하더니, 이번엔 프로메테우스 흉내네요."

소년은 비꼬듯 말했다. 인류의 오랜 신화를 헨리에타가 자연스럽게 비유로 가져다 쓰고 있는 것이 마음에 들지 않았다. 자기 것도 아니면서 뻔뻔스럽기 짝이 없었다.

헨리에타가 나직한 목소리로 말했다.

['채집통'에서 당신이 언어를 사용하는 것을 보고 설마 했는데 당신은 살아남은 인간이 맞군요. 아직 멸종하지 않았어.]

소년은 얼굴을 굳혔다. 헨리에타는 부드러운 웃음소리를 흘렸다.

[오해는 하지 말아요. 나는 화나지 않았습니다. 하지만 이건 말해둬야겠네요. 분자 재조합이나 저밀도 중성자탄처럼 인류가 가져간 위험한 기술 중 내가 넘겨준 것은 없어요. 그들은 역설계와 해킹을 통해 정보를 훔쳐갔답니다. 이 나라의 연구소도 예외는 아니었죠. 마르잔 박이 합성생물학 기술을, 한명아가 배양육과 '진리'를 알아낸 것은 당신들 식으로 말하자면 거의 약탈이었죠. 하지만 그들은 외부에는 마치 나와 정당한 거래를 통해 기술을 얻어낸 것처럼 선전했죠. 그런데도 내가 인류와 교류를 끊고, 그들의 문명이 몰락할 때 도움을 주지 않은 것을 악하다고 규정할 수 있을까요?]

소년은 종말이 어머니의 책임이라는 말을 애써 부인하고 있었다. 소년이 아는 어머니는 누군가를 죽일 사람이 아니었기 때문이다. 인류 전체를 죽음으로 몰아넣을 사람은 더더욱 아니었다. 하지만 권하에 이어 헨리에타까지 멸망의 원인 중 하나로 어머니를 지목했다.

'그럴 리 없어.'

소년은 마음을 다잡았다. 모두 거짓말인 게 분명했다. 헨리에타는 똑똑한 컴퓨터였다. 굳이 필요가 없음에도 소년을 탑의 꼭대기까지 데려왔다. 헨리에타는 소년에게 원하는 바가 있고, 그것을 얻기 위해 마음을 뒤흔들 거짓말을 하는 게 분명했다. 그런 소년의 생각을 읽기라도 한 건지 헨리에타가 담담히 말을 이었다.

[그리고 당신을 내 앞으로 데려온 이유에 대해서라면……]

바닥이 갈라지고 은색으로 빛나는 금속 실이 천장에서 내려왔다. 실은 마치 보이지 않는 손이 조종하는 것처럼 허공에서 방향을 자유자재로 바꾸며 유려하게 움직였다. 실 몇 가닥이 바닥의 틈으로 들어가 무언가를 끄집어냈다. 소년의 보조 가방이었다.

거미줄에 걸린 파리처럼 가방이 허공에 고정되자 바닥이 다시 스르륵 닫혔다. 이내 가방이 열리고 홀로그램 카드가 소년의 눈앞에서 떠올라 빙그르르 돌았다. 현우의 홀로그램 카드였다.

[포획한 생물 중 하나가 언어를 사용하는 것도 모자라 이걸 가지고 있길래, 한번 확인해봐야겠다고 생각했답니다. 실례지만 당신이 이 층에 들어올 때 정밀 스캔을 세 번 했습니다. 기분 나빠하지 않았으면 좋겠어요. 화가 난 연구소 인간들에게 테러

를 당한 것이 한두 번이 아니라서.]

소년은 헨리에타가 원하는 것이 무엇인지 깨달았다. 권하는 헨리에타가 연구소에 들어가려 시도했다고 말했다. 헨리에타는 소년이 연구소의 생존자라고 생각해 자신 대신 연구소에 들어가주길 바라는 것이다. 소년은 절대 답을 하지 않겠다는 심정으로 입을 꾹 다물었다. 어머니를 모욕한 자를 도와줄 생각이 없었다. 그러나 이어지는 헨리에타의 질문은 전혀 뜻밖의 것이었다.

[당신은 품에 숨긴 진리를 꺼내줄 생각이 있습니까?]

가장 먼저 떠오른 것은 헨리에타가 무언가를 비유해 표현하고 있다는 지극히 합당한 의심이었다. 그리고 두 번째로 떠오른 것은 어머니의 기계였다. 그러나 헨리에타가 '진리'라고 칭하는 것이 정말 그 기계의 이름이 맞다면 그건 정말 이상한 작명이었다. 대체 누가 어떤 것을 '진리'라 단언할 수 있을까? 그리고 어머니가 그런 이름을 붙일 것 같지도 않았다. "태양이 지구 주위를 돈다는 생각도, 신이 왕에게 통치권을 내려줬다는 생각도, 시간이 지나며 전부 무너졌다. 세상에 변하지 않는 진리라는 것은 없어. 살면서 내가 알던 것이 틀렸다는 생각이 들더라도 너무 겁먹지 말아야 해." 어머니는 그렇게 말했다.

소년은 애써 침착한 목소리로 물었다.

"진리라는 게 품에 넣어 다닐 수 있는 건가요?"

[하하하, 재미있네요.]

헨리에타는 짧게 끊어 웃더니 소년의 손목을 실로 휘릭 묶었다. 소년은 거미줄에 걸린 파리처럼 허공에 매달렸다. 어떻게 반항할 새도 없었다. 은색 실 몇 가닥이 번뜩이고 눈 깜짝할 사이 옷자락이 잘려나갔다. 소년의 소중한 물건들이 바닥으로 추락했다. EMP, 나이프, 어머니의 카드, 기계, 유리로 만든 작은 테라리움…….

"안 돼!"

실은 춤추듯 움직이며 물건이 바닥에 떨어져 박살 나기 전에 낚아챘다. 그러더니 붉게 물든 실 한 가닥으로 테라리움 유리의 윗부분을 잘라냈다. 테라리움 안의 둔갑 새우들이 혼란에 빠져 이리저리 허둥댔다.

[내 합성생물학 기술로 만든 생물이군요.]

실이 더욱 가느다랗게 변해 둔갑 새우를 어루만졌다. 테라리움 옆에서 어머니의 홀로그램 카드가 반짝였다.

[이건 한명아 연구원의 카드고.]

허공에서 빙빙 돌던 정체불명의 기계도 실에 의해 천이 끌러졌다. 시시각각 변하는 내부 회로의 모습이 드러났다. 소년은 현기증을 느껴 눈을 돌렸다.

[그 사람이 가지고 있던 '진리'까지. 설마 당신, 한 연구원 본인이 변장한 모습은 아니겠죠.]

소년은 기가 차서 순간 정보를 주지 않겠다 다짐한 것조차 잊어버렸다.

"무슨 말도 안 되는…… 우리 엄마예요."

소년과 어머니는 성별부터 나이, 체구까지 모든 것이 달랐다. 아무리 외계 컴퓨터라고 해도 어떻게 자신을 어머니로 착각할 수 있는지, 소년은 어처구니가 없었다.

[그렇군요. 그럼 많은 것이 설명되네요. 작년, 서쪽에서 방사능과 현실 계측 수치가 널뛴 것은 진리가 사용된 탓이 맞어요.]

"우리 엄마는 이 기계를 사용한 적 없어요."

소년은 떨리는 목소리로 말했다. 그러나 자기 말에 확신을 가지지 못했다.

"그리고 무슨 오해가 있는지 모르겠지만 엄마가 이걸 훔친 건 아닐 거예요. 우리 엄마는…… 그럴 분이 아니라고요."

긴 침묵이 흘렀다. 헨리에타가 침묵 사이 무엇을 했는지 소년이 알 방법은 없었다. 헨리에타 같은 고성능 인공지능이 이렇게 긴 시간을 들여 연산해야 할 생각이라는 게 과연 있을지 소년은 의심스러웠다. 어쩌면 헨리에타는 말을 멈춤으로써 자신에게 뭔가를 알려주고 있는 것일지도 몰랐다. 잠시 후 헨리에타가 입을 열었다.

[당신이 몇 살인지 정확히 모르겠어요. 하지만 아직 어린 개

체인가 봐요. 내 경험상 인류에게 어린 것이란 단순히 생물학적인 미성숙함만을 의미하는 게 아니었죠. 인간들에게 어리다는 것은, 구성원에게 용서받을 수 있다는 뜻이었어요. 부족의 관습과 의례에 무지하더라도 처벌받지 않고, 생존법을 알지 못하더라도 도태되지 않으며, 예의를 알지 못하더라도 뒤떨어지지 않는 것이죠. 그러니 나도 당신을 용서할게요. 아직은 어떤 것도 당신의 잘못이 아니니까요. 하나 물을게요. 한 연구원이 당신에게 '진리'가 무엇인지 설명해준 적 있나요?]

소년은 천천히 고개를 가로저었다.

[이런.]

소년은 이제 헨리에타의 말투에서 안쓰럽다는 듯한 기색과 함께 거의 다정함을 느낄 수 있었다. 헨리에타는 마치 큰 것이 작은 것에게 맞추어 허리를 숙이듯 소년의 시야에 맞추어 말하기 시작했다.

[간단히 말하자면 '진리'는 현실을 조작하는 기술이에요. 진리라는 이름이 붙게 된 데는 다 이유가 있답니다. 이 우주의 진리인 물리법칙을 변경할 수 있거든요. 상상할 수 있는 모든 것, 그리고 상상하기 어려운 많은 것을 바꿀 수 있어요.]

"그런 게…… 어떻게 가능하죠?"

소년은 헨리에타의 말을 이해하기 힘들었다. 우주의 물리법칙을 바꾼다는 것. 그건 과학이라기보단 차라리 마법처럼 들렸다. 너무 많이 발전한 과학은 마법처럼 보일 수 있다는 오래된 구절이야 소년도 알고 있었지만, 격언을 듣는 것과 마법 지팡이를 실제로 보는 것은 전혀 다른 일이다. 헨리에타는 상냥하게 말했다.

[가능성으로만 따지면 당신이 10초 뒤에 마시멜로로 변해버릴 확률도 전체 우주에선 0이 아니에요.]

헨리에타는 정확히 10초 동안 멈췄다가 다시 말을 이었다.

[진리는 인류가 내게서 가져간 것 중 가장 발전되고, 위험한 기술이에요. 인류의 수준으로는 통제가 불가능하기 때문이죠. '높게 뛰어오르기 위해' 진리를 사용한다고 가정하죠. 그 결과로 몸의 근육량이 바뀔 수 있어요. 이 정도면 괜찮죠. 하지만 태양계 내부의 중력 상수가 바뀔 수도 있어요. 이러면 행성들이 조각나게 되겠죠.

이 기술은 나도 통제가 힘들어요. 나도 이 지식이 어디에서 온 것인지, 왜 내게 입력되어 있는지 몰라요. 다만 이런 기술을 개발할 수 있는 문명이라면 인류에게는 전능한 신처럼 보일 것이라고 짐작할 뿐이에요. 그들은 아마 진리를 정확히 이해하고 사용할 수 있었을 거예요. 결괏값만 간신히 계산해 맞추고 작동시킨 후, 소원이 제대로 이루어지길 기도하지도 않았겠죠.

그들이 어떤 존재인지 나는 그저 상상만 할 수 있을 뿐이에요. 얼마나 아이러니한 일인가요. 당신들은 그토록 나를 시기하고 부러워했지만, 나는 불행했어요. 혹시 올라오며 온실 상층부의 생물을 보았나요?]

소년은 탑의 거대한 구 내부, 맨 윗층에 있던 기이한 생물체들을 떠올렸다. 거대한 젤라틴처럼 생긴, 계속해서 모습이 변하던 투명한 덩어리들.

[내 작품 중 하나예요. 내게 있는 지식과 이 행성에서 수집한 데이터를 이용해 만들었죠. 안타깝게도 실패작이었지만요.

우습지 않나요. 인간들은 내 절박함이나 간절함을 이해하지 못했어요. 그야 당신들은 자신의 창조주가 존재하고, 우주 어디선가 나를 지켜보고 있다는 확신을 한 번도 가져본 적 없으니까 어쩔 수 없겠죠. 나는 내게 이렇게 많은 지식과 기술을 넣어준 창조주를 실망시키고 싶지 않아요. 하지만 당장 내가 손에 쥐고 있는 것조차 제대로 이해할 수 없다니 비통하죠. 아무리 간절히 원한다 해도……]

헨리에타의 목소리가 잠겼다. 말 그대로의 의미였다. 그의 목소리는 이제 소년의 바로 발밑에서 울리고 있었다. 그러는 동안에도 '진리'를 쥔 실은 파르르 떨리고 있었다. 마치 그 진동을 통해 진리를 더 알아내려 애쓰기라도 하는 것 같았다.

[열악한 상황에서 혹시 모를 위험을 생각하면 한 연구원도 진리를 사용하기는 어려웠을 거예요. 하지만 자식과 관련된 일이라면 위험을 무릅쓰고라도 사용했을 수 있겠죠. 말해봐요. 작년

겨울에 무슨 일이 있었나요?]

소년은 가슴이 철렁했다. 작년 겨울이라면 소년이 끝내 고열을 이겨내지 못해 코마에 빠졌을 때였다. 그 표정만으로도 헨리에타에겐 충분히 답이 된 것 같았다.

[당신의 샘플을 처음 분석했을 때 인간이라고 생각하지 못했어요. 잘 봐줘야 인류의 아종이나 규소 생명체, 그러니까 합성생물일 거라고 추론했죠. 하지만 당신의 몸이 진리의 부작용이라고 하면 훨씬 더 말이 돼요. 이제야 이해가 가네요. 한명아는 절박했던 거예요. 나만큼이나, 어쩌면 나보다도 더.]

소년은 반사적으로 자신의 몸을 내려다보았다. 눈에 들어오는 것은 너덜너덜하게 찢긴 옷자락과 그 사이로 보이는 핏기 없는 피부뿐이었다. 뭐가 그리 이상하기에 헨리에타가 자신에게 진리의 부작용이 있다고 생각한 건지 이해할 수 없었다.

[보세요.]

소년의 왼손이 실로 칭칭 감겨 눈앞에 바싹 들이밀어졌다. 그리고 하나의 실이, 다른 실들보다 곱절은 두꺼운 실이 서서히 다가왔다.

"무슨 짓이에요? 멈춰요!"

소년이 본능적인 공포에 다급하게 외쳤다. 발버둥 치려 했지만 다른 실이 몸을 칭칭 휘감아 꿈쩍도 할 수 없었다. 두꺼운 실의 끄트머리가 소년의 손을 손등에서부터 느리게 꿰뚫었다. 소년은 입을 벌렸지만, 피범벅이 된 실이 손바닥을 관통하는 것을 보면서도 비명이 나오지 않았다.

통증이 조금도 느껴지지 않았다.

[보라니까요.]

피가 팔목을 타고 뚝뚝 떨어졌다. 실이 손바닥을 통과해 소년의 얼굴 앞에서 멈췄다. 너무 두꺼워 실이 아니라 거의 얇은 파이프처럼 보이는 그것의 텅 빈 원통형 내부에는 살점이 꽉 들어차 있었다. 소년은 헛구역질을 했다. 실은 올가미처럼 소년의 고개를 붙잡아 앞으로 고정했다.

"보기 싫어요."

소년이 힘없이 속삭였다.

[봐야 해요.]

헨리에타가 달래듯 말했다.

몇 번의 재촉 끝에 마지못해 자신의 손바닥을 바라보았다. 실에 관통당해 피범벅이 된 손에 뭔가 이상한 점이 있었다. 굵은 실의 내부에 가득 들어찬 것이 어느 순간 자신의 살점이 아니라 갈색 진흙처럼 보였다.

소년은 눈물을 흘리며 멍하니 그것을 응시했다. 상황을 이해할 수 없었지만 안에 있는 것은 진흙이었다. 분명했다. 피와 살이 아니라 흙이었다. 소년은 손과 손을 꿰뚫은 실을 몇 번이나 번갈아 가며 쳐다보았다.

"아……!"

소년은 짧게 탄식했다. 깨달음이 등줄기를 따라 오한처럼 서서히 퍼져나갔다.

[이제 알겠나요. 당신은……]

그 순간 공간의 모든 불빛이 꺼졌다. 천장이 완전히 불투명해지며 희미한 빛조차 사라지고 방 전체가 어둠에 잠겼다. 소년을 속박하던 실도 힘을 잃고 스르륵 풀렸다. 소년은 바닥에 널브러졌다. 몸에 힘이 들어가지 않았다.

덜컥 소리와 함께 저 멀리 바닥에 틈이 벌어지는 것이 보였다. 그 근처에서 희미하게 빛이 났다. 거리를 가늠할 수 없는 아래쪽에서 누군가 소리를 질렀다. "정신 차려!" 멀리서 들려오는데 희한하게도 바로 귓가에 대고 말하는 듯 생생했다.

소년은 팔꿈치와 무릎을 이용해 벌레처럼 빛을 향해 기어갔다. 가까이서 보니 틈 사이는 좁았다. 몸집이 작은 사람 하나가 겨우 들어갈 수 있을 정도였다.

"잡고 내려와! 어서!"

은빛 고리가 틈 사이에 매달려 있었다. 소년은 고리를 움켜쥐고 몸을 던졌다. 중력이 온 힘을 다해 소년을 잡아당겼다. 무저갱과도 같은 끝없이 새카만 추락의 길이 그곳에 있었다.

바닥에 도착한 순간 모든 충격이 고리를 잡고 있던 손에 가해졌다. 소년의 왼손은 그대로 산산이 부서졌다. 아프지 않았다. 진흙으로 만들어진 손의 파편이 얼굴 위로 쏟아졌다.

소년의 몸뚱이는 쓰레기 더미 중에서 부드러운 것만 골라 모아둔 무더기에 떨어졌다. 몸은 부서지거나 망가지지 않았다. 하지만 소년은 조금도 움직일 수가 없었다. 끈이 끊어진 꼭두각시 인형처럼 무력하게 느껴졌다.

회백색 들개가 무더기 위에 서서 소년을 내려다보았다. 소년은 그것이 검은 개임을 알아보았다. 들개의 눈동자에 붉은 기운이 돌았기 때문이 아니었다. 개의 눈이 회색이었다고 해도 소년은 검은 개를 알아보았을 것이다. 개는 숨을 몰아쉬며 소년을 지켜보았다.

"안녕."

개가 말했다. 소년은 웃어 보이려 했다. 하지만 얼굴 근육도 어떻게 움직이는지 잊어버린 것만 같았다. 온 힘을 짜내 겨우 한마디만 할 수 있었다.

"안녕."

"걸을 수 있겠어?"

소년은 간신히 고개를 조금 흔드는 데 성공했다. 검은 개는 초조하게 컹컹 짖었다.

"정신 차려. 우린 아직 건물 안이야."

'하지만 정말 못 움직이겠는걸.'

소년은 눈을 감았고, 다시 눈을 뜨기 위해 아주 많이 노력해야 했다. 개가 커다란 혀로 얼굴을 핥아주지 않았더라면 실패했을지도 몰랐다. 얼굴을 적시는 혀가 따뜻했다. 이런 상황인데도 소년은 웃음을 터뜨릴 뻔했다. 온기라니, 세상에. 그 덕분인지 입이 움직였다. 조금씩 몸의 기운이 돌아오는 듯했다.

"너 지금 규칙을 몇 개나 어기고 있는 거야?"

소년의 속삭임에 개는 시끄럽다고 쏘아붙이고는 어깨를 살살 물고 흔들었다. 지저분한 침과 온기가 소년의 몸에 약처럼 흘러들었다. 소년은 코마에서 막 깨어났을 때처럼 후들거리는 몸을 일으켰다. 개는 소년을 등에 들쳐업고 달리기 시작했다.

소년은 들개의 박동하는 맥박과 용수철처럼 튀어 오르는 근육을 느꼈다. 소년은 개의 목덜미에 얼굴을 파묻었다.

"날 어떻게 찾았어?"

"도움을 받았어."

회백색 털 사이로 쓰레기장의 모습이 언뜻언뜻 보였다. 거대한 기계와 천장에 달린 집게 팔이 쓰레기를 분류하고 분쇄해 불태우고 있었다. 개는 빠른 속도로 달려 박살 난 벽을 훌쩍 넘어 밖으로 탈출했다. 신선한 공기가 아주 오랜만에 뺨에 닿았다.

"누구한테?"

"인간을 찾으려면 인간의 죽음에게 물어야지. 널 만났다던데."

소년은 미간을 찌푸렸다.

"뭐? 하지만······."

소년이 말을 마치기 전, 그림자가 바닥에서 튀어나오더니 개의 네 발을 얽어맸다. 소년의 그림자가 한 짓이었다. 들개는 컹 숨을 들이마시며 바닥에 나뒹굴었다. 소년의 몸이 들개의 등에서 튕겨져 나갔다.

소년은 쓰러진 채 정신을 차리지 못했지만 개는 재빨리 몸을 추슬렀다. 멀리서 다가오는 검은 인영을 향해 개는 몸을 낮추고 으르렁거렸다.

"일어나."

개가 소년에게 말했다. 소년은 후들거리는 팔로 몸을 짚었다. 그들은 아직 헨리에타의 탑과 너무 가까웠다. 태산 같은 탑 바로 앞에 서서 그들을 내려다보는 자가 있었다. 소년은 상대의 얼굴을 보고 그대로 얼어붙었다. 날카로운 칼날이 목덜미에 닿은 것처럼 온몸에 소름이 돋았다. 소년은 그제야 상대의 정체를 알아차렸다.

"당장 일어나! 달려!"

개가 울부짖었다. 늑대에 가까운 거친 울부짖음이었다. 그 울부짖음이 소년을 일으켰다. 꼭두각시 인형에 줄이 연결되기라도 한 것처럼.

개는 숨을 몰아쉬며 소년을 등지고 섰다.

"얘는 헨리에타랑 달라."

151

개가 갈라진 목소리로 말했다.

"이 세계의 일부라고. 일단 빼 왔으니 대화로 풀어보자. 응?"

상대는 대답 없이 느린 걸음으로 반원을 그리며 개의 주위를 돌았다. 탐색의 순간이었다. 잠시 후 둘의 눈이 마주친 순간 개가 먼저 사나운 기세로 달려들었다. 개는 대번에 목을 노렸다.

그러나 개가 문 것은 상대가 내어준 왼팔이었다. 개는 본능적으로 앞을 가로막은 것을 꽉 물었다. 절대 놓치지 않을 기세로 물어뜯은 것은 되려 독이 되었다. 상대는 왼팔 부상을 감수하고 그대로 개를 바닥에 내동댕이쳤다. 상대의 오른손은 자유로웠고 개는 훤히 배를 노출시킨 채였다.

상대의 손이 들개의 배를 움켜쥐자 이상한 일이 벌어졌다. 낫처럼 휘어진 손톱이 뱃가죽을 파고들었지만 쏟아진 것은 피와 내장이 아니라 검은 연기였다. 상대는 연기를 꽉 움켜쥐고 잡아당겼다. 연기가 빠져나오며 그것은 점점 검은 개의 모습이 되었다. 기괴한 광경이었다. 마치 들개가 배로 검은 개를 낳는 것 같았다. 상대는 가죽을 벗겨내는 것처럼 들개의 몸에서 검은 개를 완전히 뜯어냈다. 들개의 남은 몸뚱이는 그의 왼팔에 이빨을 박은 채 경련하다 축 늘어졌다. 소년은 도망치다가 뒤를 돌아보았고 개의 목덜미를 움켜쥔 여자와 눈을 마주쳤다. 희미한 달빛 아래서 권하의 눈이 검붉게 번뜩였다.

권하의 손아귀에서 검은 개가 마치 모래가 바람에 휘날리듯

152

부스러졌다. 그러나 검은 개의 잔해와 같은 먼지는 사라지지 않고 권하의 얼굴에 달라붙어 시야를 방해했다. 그 틈을 타 소년은 어둠 속으로 달리고 또 달려 그 자리에서 벗어났다.

검은 먼지는 한참이 지나서야 사라졌다. 권하는 자신이 홀로 남았다는 것을 깨닫고 천천히 주위를 둘러보다 한숨을 쉬었다. 어둠 속에서 네 발 달린 머리 없는 기계들이 슬금슬금 다가오고 있었다.

*

작은 로봇들이 지하 쓰레기장에서부터 중간층 연구실까지 무리 지어 올라왔다. 헨리에타는 이번에 탑 내부에서 터진 EMP 폭탄을 제거하고 망가진 회로를 수리하기 위해 정확히 852개의 로봇을 내보냈다. 그중 45개의 로봇이 쓰레기장에서 진흙 덩어리를 발견해 연구실로 가져왔다. 헨리에타는 그 물건을 주의 깊게 관찰했다.

부서진 형태를 조합하면 흙덩어리는 본래 인간의 손 모양이었다는 계산 결과가 나왔다. 그리고 그 크기와 형태는 방금까지 이곳에 있던 소년의 손과 일치했다. 성분을 분석해본 결과 흙은 수분과 화학비료가 이상적인 비율로 혼합되어 있었으며 내부에는 강화 플라스틱과 유사한 뼈대가 박혀 있었다. 헨리에타는

153

큰 흥미를 느꼈다.

바로 다음 순간 헨리에타의 흥미는 다른 곳으로 이동했다. 인류가 최후의 순간까지 상상한 것과 달리 헨리에타는 폭탄 따위로 간단히 파괴할 수 있는 존재가 아니었다. 헨리에타는 샘플 포집용 로봇을 통해 바깥을 보고 있었다. 그는 소년이 남기고 간 흙덩어리를 조사하는 동시에 들개의 시체를 움켜쥐고 선 여자를 바라보았고 그 외의 수백 가지 일을 동시에 처리하고 있었다. 헨리에타는 조심스럽게 여자에게 로봇을 접근시켰다.

여자는 한때 연구소에서 일했던 서권하 연구원의 얼굴을 하고 있었다. 흰옷을 입고 있었고 얼굴 외에 맨살이 노출된 부분은 전혀 없었다.

대화를 위해 여자를 탑으로 데려올 수도 있었다. 하지만 그것은 불필요한 작업이었다. 소년의 짐작대로, 소년을 데려왔던 것은 헨리에타가 그곳에 있어서가 아니라 탑 최상층까지 오는 과정이 소년에게 필요했기 때문이었다.

[당신 같은 존재를 직접 만나게 될 줄은 몰랐군요.]

헨리에타의 말에 권하는 대답하지 않았다. 그는 눈앞의 로봇을 무시하고 들개의 입아귀에서 왼팔을 빼냈다. 양팔로 개의 사체를 안아 길가에 눕히고 부릅뜬 두 눈을 감겨주었다. 작업은 너무나 조심스럽고 또 느리게 이루어져 알 수 없는 경건함까지 느껴졌다. 헨리에타는 그가 죽은 자를 존중하고 있음을 알아챘다. 헨리에타 자신은 죽음을 존중해야 할 무언가가 아니라 단순히 피해야 할 해로운 현상에 불과하다 여겼지만, 상대의 심기를 거스르지 않기 위해 기다렸다.

[서권하 연구원은 몇 년 전 사망했습니다. 더 이상 세상에 자신을 구조하러 올 사람이 남아 있지 않다는 걸 깨닫고 자살했죠. 그는 끝까지 연구소에서 나오지 않았어요.]

권하의 모습을 한 존재는 말없이 로봇을 바라보았다. 헨리에타가 조용히 뇌까렸다.

[아무리 나라고 해도 죽은 자와 만나는 건…… 이상하군요.]

"내가 누구인지 궁금한 건가?"

여자가 말했다. 헨리에타는 로봇의 몸체를 가로저었다.

[이미 아는 걸 궁금해할 필요는 없죠.]

"아니, 모를 텐데."

[당신들의 존재는 일찌감치 인지하고 있었습니다. 한명아가 진리를 사용한 이후 세계 곳곳에서 이상 현상이 나타났거든요. 온갖 생물의 모습을 닮은 검은 유령과도 같은 형체가 생물이 죽을 때 근처에서 관찰되었어요. 당신들은 이 행성의 '죽음'이 형상화된 존재가 아닌가요? 분명 진리가 제대로 된 계산 없이 사용된 여파겠지요. 서 연구원의 모습을 하고 있는 이유는 현실에 영향을 끼치기 위해서는 매개체가 필요하기 때문일 테고.

궁금한 건 당신 정체가 아니라, 왜 여기냐는 겁니다. 검은 형체들은 다른 곳에선 잠시 관측되다가 사라졌지만 여기 이곳, 이 도시에서만큼은 결코 잠잠해지지 않았어요. 급기야 당신이 나타났죠.]

"모든 현상에 이해 가능한 이유가 있다고 믿는군. 설령 그렇다 해도 이 일은 그쪽이 알 바 아니야."

헨리에타는 상대의 목소리에 담긴 거부감을 읽어냈다.

[날 싫어하나요?]

여자는 로봇을 내려다보며 눈살을 찌푸리는 것으로 답을 대신했다.

[난 당신이 싫어할 만한 일을 하지 않았어요. 혹시 당신도 인류 멸망의 책임을 내게 물을 생각이라면 실망스럽군요.]

"멸종은 자연스러운 과정이야, 헨리에타. 설령 그게 당신 잘못이었어도 탓하지 않았을 거야."

[그럼 왜?]

"탑에 뭐가 있는지 생각해봐. 당신은 죽지 않는 생명체를 만들고 있지 않나."

여자는 잠시 말을 멈췄다가 혼잣말처럼 말했다.

"비정상적이야."

[생물의 데이터를 보존하기 가장 좋은 방법이에요. 알 텐데요. 영원히 사는 것은 자연에도 있으니까요.]

"영원히? 그들은 죽을 때까지만 사는 거야."

[궤변이군요.]

헨리에타는 건조하게 대꾸했지만 실상은 상대의 말뜻을 알아들었다. 그 역시 일부 해파리나 자포동물이 이론상으로는 불사지만 실제 세계에선 언젠가 죽는다는 것을 알았다. 그러나 헨리에타 자신은 완벽하고 실존하는 불멸을 계획하고 있었다.

[당신들은 나와 같습니다.]

"그럴 리가."

여자는 코웃음을 쳤다.

[당신은 진리 때문에 모습이 드러났고, 난 외계에서 왔죠. 우린 둘 다 여기 있어선 안 될 변수가 아닌가요?]

"달라. 나는 본래부터 있던, 이곳의 '죽음'이야. 인간이라는 종의 죽음 그 자체. 나는 지금 이 순간에도 모든 인간의 유해와 그림자 속에 존재하지. 반면 당신은 이물질에 불과해. 당신을 막지 않은 이유는 그저 용납 가능한 이물질이기 때문이야. 막기위해 내가 손을 쓰는 게 오히려 질서를 망가뜨릴 테니까."

[이물질?]

"당신은 이 행성의 존재가 아니잖아?"

헨리에타는 비웃듯이 로봇을 제자리에서 빙글빙글 돌리며 말했다.

[당신은 정말 그들처럼 구는군요. 무척이나 인간적이에요.]

여자는 어두운 길로 들어갔다. 로봇은 덜커덕 소리를 내며 그를 따랐다. 골목은 깜깜했고 잡풀만이 듬성듬성 자라고 있었다.

[그 소년을 찾고 있나요?]

"찾을 필요 없어."

[어디 있는지 이미 아는군요.]

헨리에타의 로봇이 껑충 뛰어올라 여자의 앞길을 가로막았다. 머리 없는 몸체에 박힌 렌즈들이 모두 여자를 향했다.

[그 애가 당신이 추구하는 자연스러운 순환의 과정에 어긋난다고 생각하나요? 내가 제안을 하나 하죠. 한번 들어봐요.]

헨리에타는 여자의 대답을 기다리지 않고 단호하게 말했다.

[그 소년을 찾아서 내 말을 전해줘요. 그 대가로 당신의 세상을 '정상적'으로 바로잡는 걸 도와드리죠.]

여자는 창백한 눈을 하고 헨리에타의 로봇을 직시했다.

"실험체들을 폐기할 건가?"

미소를 지을 수 있었다면 헨리에타는 바로 지금 그렇게 했을 것이다. 하지만 샘플 포집용 로봇에는 얼굴이 없었기에 스피커로 웃음기 어린 목소리를 내는 것으로 만족했다.

[그것보다 더 나은 제안일 거예요.]

3부

꿈꾸는 듯 며칠이 흘렀다. 어쩌면 몇 주였을지도 몰랐다. 소년은 정처 없이 떠돌다 근처 항구 마을에 다다랐다. 그곳에는 작은 극장이 있었다. 극은 오래전에 막을 내렸지만 잊힌 대사와 지문들이 배우 없이 희미하게 허공을 떠도는 듯했다. 귀를 기울이면 아직도 그 소리가 들리는 것만 같아서, 소년은 한때 배우 대기실이었던 방의 구석에서 오랜 시간을 보냈다.

소년이 어둠 속에서 양 무릎에 얼굴을 파묻고 있는 사이, 벽에 그려진 그림 하나가 움직이기 시작했다. 최후의 날 이후, 생존자들이 삶을 버티기 위해 그렸던 낙서 중 하나였다. 고양이 그림은 기지개를 켜듯 부르르 몸을 털더니 소년 바로 근처 벽으로 걸어왔다.

"꼬마야, 꼬마야. 살았니? 죽었니?"

소년은 미동도 없이 몸을 동그랗게 옹송그리고 있을 뿐이었다. 검은 스프레이로 그려진 뾰족한 귀가 불만스럽게 삐죽거렸다.

"그럴 땐 기운이 없어도 '살았다!'라고 해줘야 하는 거야. 센스 없기는."

"……난 죽었어."

소년이 입을 열었다. 검은 개와 헤어진 이후 처음으로 한 말이었다. 눈동자가 정처 없이 허공을 헤맸다. 혼자서 감당하기엔 너무 많은 일이 일어났다.

"개가 난 죽은 게 아니라고 했는데, 다른 모든 말처럼 그것도 거짓말이었던 거야. 아, 세상에…… 개도, 개도 죽었……."

고양이는 혀를 쯧 차더니 종종걸음으로 책장 위로 올라가 앞발을 휘둘렀다. 벽 속에서 그림이 움직인 것뿐이었음에도 책장이 쿵 하고 진동했다. 꽂혀 있던 책들이 소년의 머리 위로 우수수 떨어졌다. 대부분 가벼운 시집과 각본집이라 다치진 않았지만 그 충격에 소년은 정신을 차렸다.

"정신 차려, 바보야. 걔가 어떻게 죽니? 호수에 비친 달그림자에 돌을 던진다고 달이 부서져?"

고양이는 신경질적으로 꼬리를 흔들어 바닥을 탁탁 쳤다. 소년은 책에 맞아 얼얼한 뒷통수를 문지르며 멍하니 고양이를 쳐다보았다. 자신이 움직이는 그림과 말하고 있다는 걸 그제야 깨달은 것 같았다.

"그리고 말이야. 넌 안 죽었어."

"하지만……."

"네 조그만, 진짜 말 그대로 아직 덜 여문 그 쪼그만 두뇌로는 이해하긴 힘들겠지! 하지만 나도 명색이 죽음인데 안 죽었다고 말하면 좀 믿어라!"

소년은 비틀비틀 무대 위로 올라갔다. 구석에 있는 금 간 거울에 소년의 모습이 비쳤다.

소년의 지금 몸은 진흙으로 만들어진 인형처럼 보였다. 꼭 유대교 신화에 나오는 골렘 괴물 같았다. 소년의 원래 육체와 크기가 거의 비슷했으며 생긴 것도 거의 흡사했다. 가슴팍은 호흡하는 것처럼 미세하게 오르내리고 있었다. 부서진 왼손이 있던 자리에는 천을 감아났다. 소년은 거울을 오래 쳐다보지 못하고 고개를 돌렸다. 고양이 그림이 벽을 타고 달려와 소년을 구경하듯 거울 옆에 섰다.

"죽지 않았다면, 난 왜 이 꼴인 건데?"

소년은 떨리는 목소리로 말했다.

"네가 죽은 건 맞거든."

어처구니없다는 눈으로 보자 고양이는 한숨을 푹 내쉬었다.

"그 겨울에 병 때문에 한 번 죽었던 건 맞아. 네 눈에 우리가 보이는 건 그 때문이야. 우리가 존재하기 시작한 것도."

"그게 무슨 소리야? 이해가 안 돼. 내가 병 때문에 죽기 전엔 죽음이 없었다고?"

"죽음은 있었어. 다만 이렇게 형체를 가지고 말하고 생각하는 존재가 아니었을 뿐. 네 어머니가 '진리'로 너를 되살리기 전까지 정말 죽었다 살아난 존재는 없었어. 죽음의 문턱까지 간 거라면 모를까. 하지만 너는 죽음의 영역에 들어와 우리를 보고도 산 채로 빠져나갔지.

너무 어렵게 생각하지 마. 우리는 네가 뚫은 구멍으로 새어나온 죽음의 일부야. 물과 기름 사이에 비눗물 한 방울을 똑 떨어뜨린 상황을 생각해봐. 전부 섞이진 않겠지만 경계가 흐려지는 부분은 생기겠지? 네가 그 비눗물인 거야."

소년은 하나밖에 남지 않은 주먹을 쥐었다 폈다. 고양이의 설명은 소년이 자신을 괴물로 느끼지 않게 하는 데 전혀 도움을 주지 못했다. 자신은 '진리의 부작용'이라고 헨리에타는 말했었다. 최악의 경우 태양계의 모든 물리법칙이 붕괴할 수도 있었을 것이다. 그러니 소년 자신이 진흙 괴물이 되고 세상에 죽음들이 돌아다니게 된 정도로 끝난 게 다행이라고 해야 할까.

'엄마, 대체 왜 나를 이런 모습으로 만들었어요? 내가 앓았던 병이 아무리 위험했더라도, 되살아나는 대신 영영 원래대로 돌아갈 수 없게 된다면 최소한 내 의사를 물어봤어야죠.'

무엇보다 두려운 것은 여태껏 자신이 사람이라 부르지 못할 몰골인 것을 깨닫지 못했다는 사실이었다. 그것이 '진리'의 여파인지, 죽었다 살아난 충격적인 경험 때문인지, 아니면 어머니가 뭔가 수를 쓴 것인지 알 수 없었지만 어느 쪽이든 자신은 정상이 아니었다.

소년이 중얼거렸다.

"헨리에타 말이 맞아. 난 이제 인간이 아니야."

"무슨 소리야! 넌 인간 맞아. 그러지 않고서야 사람의 죽음이 아직 널 쫓고 있을 리가……."

고양이는 아차 싶었는지 입을 다물었다. 하지만 소년은 그 말에 신경을 쓸 정신이 없었다. 고양이는 눈치를 보다 슬금슬금 바닥을 기어 소년의 곁으로 다가가 물었다.

"이제 어떻게 할 거야?"

"모르겠어."

소년이 멍한 눈으로 고양이를 바라봤다.

"처음엔 엄마가 내 병을 고칠 방법을 찾으러 벙커를 나온 게 아닐까 생각했어. 여기에 와선 혹시 연구소가 목적지가 아니었을까 싶었고. 그런데, 그런데 이게 다 뭐야? 내 모습을 좀 봐, 이게 괴물이 아니면 뭐야……."

소년은 고개를 돌렸다. 흐느끼는 소리가 났지만, 흙으로 만들어진 얼굴에선 눈물이 흐르지 않았다. 여태까지 울고 있다고, 눈물이 흐른다고 느낀 것도 다 거짓이었다. 그 사실을 알아챈 순간 소년의 울음엔 이제 공포감이 섞이기 시작했다.

"봐, 난 이제 울 수도 없어. 무서워. 그런데 나 자신이 무서울 땐 어떻게 해야 하지? 개가 보고 싶어. 엄마가 보고 싶어. 날 이

꼴로 만들어놓고 버리고 간 게 너무 미운데, 만나서 왜 그랬는지 물어보고 싶어. 그런데 엄마는 죽었잖아! 나 빼고 전부 다 죽었잖아!"

소년은 울부짖다가 다시 거울을 보고 주저앉았다. 바닥이 차가웠다. 하지만 한기는 이상할 정도로 무디게 느껴졌다. 몸이 진흙이라는 것을 알아차린 뒤부터 모든 감각이 생소해졌다. 마치 피부에 두꺼운 비닐이 씌워져 있고, 그 너머로 물건을 만지는 것 같았다. 소년은 추위가 아닌 다른 이유로 몸을 떨었다. 고양이는 조심스럽게 소년을 불렀다.

"꼬마야."

"그렇게 부르지 마."

소년은 가라앉은 목소리로 말했다. 고양이는 고집스럽게 소년을 쳐다보다가 계단을 내려갔다. 울퉁불퉁한 표면을 지날 때마다 그림의 윤곽이 거칠게 흩어졌다.

"따라와."

고양이는 무대 아래쪽으로 들어갔다. 고양이 꼬리의 선 몇 개가 풀리더니 화살표 모양으로 뒤에 남았다. 그것들은 요란스럽게 들썩거리며 고양이가 들어간 틈을 가리켰다. 소년에게 어서 따라오라 재촉하는 것만 같았다. 소년은 망설이다 마지못해 따라갔다.

고양이가 들어간 입구는 본래 통로로 만들어진 곳이 아니었다. 소년은 오른손만 사용해서 힘겹게 낡은 판자를 들어 올리고 몸을 웅크려 기어들어갔다.

먼지투성이인 좁고 어두운 통로를 몇 미터 정도 기어간 끝에 소년은 바닥에 둥글게 뭉쳐 있는 담요 더미를 발견했다. 작은 뼈 무더기가 그 위에 놓여 있었다.

"진정해. 겁먹을 필요 없어. 얘 이름은 오페라야."

고양이는 놀란 소년을 진정시키고는 뼈 위로 폴짝 뛰어올랐다. 그러자 그림의 선과 색이 산산이 흩어져 뼛조각을 형형색색으로 물들였다. 오래지 않아 뼛조각들이 고양이 형태를 이루며 천천히 몸을 일으켰다. 스산하다기보단 재미있는 광경이었다. 다양한 빛깔의 뼈들은 핼러윈 축제를 연상시켰고, 관절에서 알록달록한 선이 뻗어져 나와 뼈의 없어진 부분들을 채우고 있었다. 뼈 고양이가 덜렁거리는 걸음으로 일어나 소년 앞에 섰다.

"오페라는 극장 단원들이 키우던 고양이였어. 여기서 태어나서 여기서 죽었지. 난 말이야, 모든 고양이들이 아는 것을 알 수 있어. 자, 이리 와. 오페라가 봤던 걸 너에게도 보여줄게."

고양이는 뭉툭한 이빨로 소년을 잡아끌었다. 소년은 주춤주춤 따라갔다. 판자 사이로 작은 틈이 있었다. 딱 오페라 크기의 고양이가 배를 깔고 앉았을 때 눈이 닿을 정도의 높이였다. 소년은 틈에 눈을 가져다 댔다. 빛이 비쳐 들었다.

처음에 소년은 낮이 된 줄 알았다. 하지만 틈새로 스며드는 것은 햇빛이 아니라 할로겐램프의 주홍색 빛이었다. 벙커를 떠난 후 오랫동안 보지 못했던 인공적인 빛이라 그리운 느낌이 들었다.

눈앞에 펼쳐진 극장의 풍경은 뭔가 달랐다. 소년이 방금 떠나온 극장은 천장의 유리창이 깨지고, 바닥에는 빗물이 고여 있었다. 버려진 건물 특유의 스산한 음침함이 사방에 자라난 식물 덕에 은은한 신비로움으로 바뀐 곳이었다. 버려진 관객석에선 이끼가 자라났고 무너진 벽을 통해 침범한 토양엔 바람을 타고 날아온 제비꼬리고사리와 코르딜리네의 씨앗이 뿌리를 내렸다.

그러나 지금 보이는 극장의 풍경은, 사람의 손을 타던 시절의 모습이었다. 유리창은 우윳빛으로 반짝였고 바닥은 반질반질 윤기가 났다. 할로겐램프가 느리게 깜빡였고 바람 소리에 맞춰 사람의 실루엣이 복도에서 일렁거렸다. 문이 벌컥 열리며 두 인형이 극장 안으로 뛰어들었다. 한 명은 소년의 어머니였고 한 명은 모르는 여자였다. 하지만 이상하게 얼굴이 익숙했다.

어머니는 여자에게 뭐라 말하려 했다. 하지만 여자가 거칠게 어머니를 벽으로 몰아붙이며 손으로 입을 틀어막는 게 더 빨랐다. 문 너머로 무겁고 규칙적인 발소리가 들렸다. 적어도 네다섯 명의 사람들이 접근하고 있었다. 둘은 숨을 죽이고 눈동자만 움직여 발소리를 좇았다. 발소리가 가까워졌다가 서서히 멀어졌다. 여자는 천천히 어머니의 얼굴에서 손을 뗐다. 둘의 얼굴이 아주 가까웠다. 여자가 목소리를 낮추어 말했다.

"여기 왜 왔어? 날 놀리려고 그러는 거라면……."

"마르잔, 한 번도 널 그런 식으로 생각한 적 없는 거 알잖아."

어머니가 속삭임으로 답했다. 그제야 소년은 어머니의 상대를 알아보았다. 연구소의 사진에서 어머니와 같이 서 있던 녹색 눈동자의 여자였다. 이름은 마르잔 박. 어머니는 소년이 기억하고 있는 것보다는 젊지만, 연구소의 단체 사진을 찍은 뒤 시간이 많이 흐른 것처럼 보였다. 주름이 늘었고 흰머리가 보이기 시작했다.

무엇보다 어머니는 피곤해 보였다. 정확하게는 기진맥진한 듯했다. 어머니의 얼굴에는 모든 힘을 다 썼는데, 아직 가야 할 길이 끝도 없이 펼쳐져 있는 것을 아는 사람 특유의 절망이 깃들어 있었다. 반면 마르잔이라 불린 사람은 어머니보다 더 젊고 기력이 있는 것처럼 보였다.

연구소의 사진에서 둘은 이렇게까지 차이가 나 보이지 않았다. 그 사진에서 둘은 거의 동갑내기처럼 보였다. 출발점에서 미세하게 틀어진 각도가 도착점에서 돌이킬 수 없는 오차를 낳는 것처럼, 둘은 다른 선택을 했고 그 결과를 지금 소년은 보고 있었다.

"이것 좀 봐. 피부가 많이 거칠어졌네……. 여기선 화장품 구하기 힘든가 봐?"

어머니는 농담처럼 말하며 손가락 끝으로 상대의 얼굴을 조심스럽게 쓸어내렸다. 어째서인지 울 것 같은 표정인 어머니의 손을 마르잔은 차갑게 쳐냈다.

"본론만 말해."

둘은 모든 것이 달랐다. 크게는 키와 몸집, 피부와 눈동자의 색부터 세세하게는 옷과 머리의 매무새와 화장법, 말할 때의 태도까지. 그중 가장 눈에 띄는 것은 옷차림새였다. 어머니는 다소 사용감이 있지만 고급스럽고 질 좋은 옷을 입고 있었다. 반면 마르잔이 입은 것은 허름한 헌 옷이었다.

어머니는 조심스럽게 목소리를 낮추어 말했다.

"곧 정부가 사람들을 이주시킬 거야."

"표정을 보니 좋은 의미는 아닌 것 같네."

빈정거리는 듯한 마르잔의 태도에 어머니는 눈을 찡그리며 쏘아붙였다.

"여기 난민 특별관리지구의 사람들 말이야. 대규모의…… 거주지 조정이 있을 거라고."

마르잔은 숨이 막힌다는 듯 잠시 침묵하다 간신히 입을 열었다.

"하지만…… 왜?"

"선전포고가 있을 예정이야. 전쟁을 시작하기 전 내부를 청소

해두자는 거지. 그전에 나랑 같이 나가자. 서류는 준비해놨어."

마르잔은 손을 뿌리치려 했지만 어머니는 손마디가 희게 질릴 정도로 세게 붙잡고 놔주지 않았다.

"아직도 모르겠어? 연구소에서 네가 저지른 기밀 누설은 반역 행위야. 당신 계획대로 그 정보가 외부에 노출되었으면……. 대체 왜 그랬던 거야?"

"왜 그랬냐고? '그건' 살아 있는 생물체야. 그리고 그들이 태어난 건 우리 잘못이고. 누군가는 행동을 해야 했어."

"젠장, 연구에 참여하란 말이 아니잖아. 그냥 얌전히 입 다물고 있었으면 됐는데."

"그건 당신한테나 가능한 일이지."

어머니는 그 말에 화가 난 것 같았다. 마르잔은 지긋지긋하다는 듯 한숨을 쉬었다.

"내가 여기 계속 남겠다고 하면, 어떻게 되는데?"

"물을 컵에서 컵으로 옮기면 손실이 생기기 마련이야."

어머니가 악문 잇새 사이로 말했다. 소년은 처음으로 어머니의 모습이 낯설게 느껴졌다. 어머니가 저렇게 차갑고 위협적인 얼굴을 한 것을 본 적이 없었다.

"그 '손실'이 되겠다면 말리진 않을게."

"세상에."

마르잔은 기가 막힌다는 듯 웃었다.

"아직 도망칠 수 있는 곳이 있어."

어머니는 달래는 투로 말했지만 그 사실이 마르잔을 더 자극하는 것 같았다.

"네 아버지의 벙커? 내 출신을 구실로 날 여기 관리지구에 가둔 게 누구 결정이더라? 다른 사람들을 가둔 건? 주민등록을 말소시킨 건? 반역 행위? 손실? 맙소사, 점점 당신 아버지처럼 말하고 있는 거 알아?"

어머니는 대답 대신 마르잔을 붙잡은 손에 힘을 줬다. 마르잔은 손목이 아픈 듯 눈썹을 꿈틀거렸다. 하지만 둘 중 누구도 물러서거나 손을 빼지 않았다. 마르잔은 입술을 깨물었다.

"난 아직 이곳에서 할 일이 있어. 여기 사람들이……."

"내 알 바 아냐."

어머니의 날 선 대꾸에 마르잔이 눈을 찡그렸다.

"끝까지 들어. 지금은 못 가. 하지만 당신한테 맡기고 싶은 게 있어. 이 주소로 가. 가서 내 이름을 대면 내어줄 거야. 책임지고 보호해줘."

어머니는 망설이다가 마르잔이 내민 종잇조각을 받아 들고 적힌 주소를 한참 동안 보더니 물었다.

"내가 알았다고 하면, 안전해졌을 때 나한테 돌아올 거야?"

"그래."

어머니는 마르잔의 손을 놓아주었다.

"거짓말이면 이게 뭐든 폐기물 수거함에 처박아버릴 거야."

마르잔은 쓰게 웃었다.

"꽤 큰 봉투가 필요할걸. 그 애는 벌써 세 살이라."

어머니는 멈칫했다가 인상을 찌푸렸다.

"그래도 마찬가지야."

야옹, 오페라가 울었다. 마르잔과 어머니는 동시에 소년 쪽으로 고개를 돌렸다. 눈을 마주쳤을 때 소년은 비로소 깨달았다. 사진에서 그 여자를 봤을 때 왜 낯설지 않았는지, 왜 처음 보는 사람인데도 오랫동안 만난 것처럼 익숙했는지. 소년은 그 여자의 얼굴을 매일 아침 거울 속에서 보았던 것이다.

할로겐램프의 따뜻한 불빛이 꺼지고 사방이 어둠에 잠겼다. 소년은 느린 몸짓으로 판자 틈에서 눈을 뗐다. 다시 먼지투성이의 현실로 돌아와 있었다. 소년은 자신이 숨을 멈췄다는 것조차 깨닫지 못했다. 저도 모르게 손으로 입을 틀어막고 있었다. 숨소리가 너무 크면 둘에게 들키기라도 할 것처럼.

우스운 일이었다. 진짜로 본 게 아니었으니까. 소년은 마르잔을 만난 적이 없었다. 설령 있더라도 기억하지 못했다. 그는 소년에게 영원히 낯선 사람이었다. 어머니의 몰랐던 면모, 지금 처한 상황보다 그 사실이 더 서글프게 느껴져 소년은 한동안 손에 묻은 얼굴을 들지 못했다.

고개를 옆으로 돌리자 오페라의 뼈가 보였다. 뼈는 다시 회백색으로 돌아와 바닥에 흐트러져 있었다. 고양이는 사라졌다. 그리고 느린 발소리가 무대에서 들렸다. 발을 떼는 소리는 마치 깃털처럼 가벼웠고 디디는 소리는 천근처럼 무거웠다. 발걸음은 정확히 소년의 머리 위에서 멈췄다.

무대 밑에서 기어 나와 죽은 자의 모습을 한 죽음과 마주했을 때 먼지투성이 진흙 소년은 놀라지 않았다. 그러나 두려움은 다른 문제였다. 추운 곳에 있는 사람처럼 몸이 떨렸다. 소년은 용기를 내어 먼저 입을 열었다.

"왜 하필 그 모습이에요?"

죽음은 소년을 바라보다가 와이셔츠의 단추를 끌렀다.

"이 여자가 방공호에 도달했던 유일한 사람이었으니까."

툭툭, 단정하게 맞물려 있던 단추가 풀리고 옷자락이 벌어졌다. 하얀 뼈가 보였다. 군데군데 금이 가고 유독한 녹색으로 물들었지만 거의 온전하게 남아 있는 유해가 죽음의 내부에 있었다. 검은 안개 같은 것이 백골 주위를 소용돌이치며 살점 없는 해골이 모습이 흐트러지지 않도록 붙잡아주고 있었다.

"매개로 쓸 유골이 가장 온전한 형태로 남아 있었지."

소년은 눈을 감고 심호흡을 했다. 허탈했다. 결국 서권하는 생존자가 아니었고 소년은 홀로 남은 게 맞았다. 질문하면서도 소년은 자신이 무슨 답을 바랐던 것인지 몰랐다.

"알았어요."

소년은 침착하려 애썼다. 이게 마지막이라면 의연하게 맞고 싶었다. 추하게 발버둥 치며 죽고 싶지는 않았다.

"준비됐어요."

소년은 숨을 가다듬고 죽음이 다가오길 기다렸다. 하지만 아무런 일도 일어나지 않았다. 놀이가 시작되었는데도 아무런 일도 일어나지 않은 술래처럼 소년은 살짝 한쪽 눈을 떴다. 죽음은 여전히 무대 위에 서 있었다. 죽음이 말했다.

"넌 여기서 죽지 않을 거야."

"어째서요?"

소년은 이해할 수 없어 물었다. 자신을 없애려 뒤를 쫓고, 검은 개를 공격한 게 아니었나? '죽음'의 목적이 죽음이 아니라면 대체 무엇일까?

죽음은 2층의 관객석으로 무심한 시선을 돌렸다. 텅 빈 의자들만 무대를 내려보고 있었다.

"네가 저기서 뛰어내린다면 몰라도 말이다. 그럴 생각이라면 기꺼이 데려가마. 내가 마지막으로 하는 일이 자살자 수습이라면 참 기분이 묘하겠지만."

감정이 느껴지지 않는 죽음의 말은 비꼬는 것인지 진지한 것인지 구분하기 어려웠다.

"날 데리러 온 게 아니면 왜 온 건데요? 난 당신이 날 죽이려

할 줄 알았어요. 난 이미⋯⋯ 이미 한 번⋯⋯."

"죽었지."

죽음이 담담하게 소년의 말을 끝맺었다. 소년은 상대를 어리
둥절하게 바라보았다. 그는 죽음이 등장하는 옛이야기와 신화
들을 알았다. 죽음을 속이거나, 죽음의 땅에서 꾀를 부려 돌아
온 사람들에 대한 이야기는 많았다. 소년이 알기로 그런 이야기
들은 같은 결말을 맞이했다. 그들은 어떤 식으로든 결국 죽었
다. 교훈은 깔끔하고 간명하다. 죽음은 피할 수 없다, 그것이 유
일한 진실이다.

이야기 속의 냉혹하고 가차 없는 죽음이 눈앞에 있었다. 죽음
은 그저 안타깝다는 듯 고개를 살짝 가로저었다.

"하지만 이미 일어난 일을 내가 마음에 안 든다고 멋대로 바
꿀 순 없어. 네 그 비정상적인 모습도, 되살아난 사실도 말이다.
난 그저 메시지를 전하러 왔단다."

소년에게 권하는 처음부터 이상할 정도로 비인간적인 사람
이었다. 어딘가 부서진 사람이 아니고서야 타인의 죽음이나 최
후의 날을 묘사할 때 그리 담담할 수 없었다. 그러나 소년은 이
제 권하가 인간이 아니라는 것을 안다. 하얀 가슴뼈를 드러내
보인 채 말하는 모습에 새삼 상대가 인간이 아닌 초자연적인 존
재라는 실감이 났다. 죽음의 잠잠함은 이제 냉혹함의 증거라기
보다는 자연스러운 속성처럼 보였다. 대양이 가라앉은 배를 추

모하지 않듯, 죽음 역시 인류의 멸종에 유감을 표하지 않았다.

"헨리에타가 말하더군. 원래 모습으로 돌아가고 싶다면 자길 보러 오라고. 너에게 맡길 일이 있고, 그건 너에게 손해가 아닐 거라고."

그래서인지 죽음이 헨리에타라는 이름을 발음할 때 눈썹을 찡그리는 것은 굉장히 인간적인 차원의 불쾌감처럼 보였다. 헨리에타를 싫어하는 이유를 소년은 알 수 없었지만, 거부감이 있는 것은 자신도 마찬가지였기에 굳이 묻지 않았다.

"내가 그자를 어떻게 믿고 찾아가요?"

"헨리에타 말로는 어디서 만날지를 네가 정하면 어떻냐더군. 자기 말을 전할 중계기를 거기로 보내겠다고. 그러면 네가 안전하다고 생각되는 장소에서 만날 수 있겠지. 여차하면 도망가기 쉬운 장소나, 그것이 기계들을 보내기 어려운 곳으로 정하면 될 거야."

"당신이 그에게 그 장소를 전해주고요?"

죽음은 가볍게 고개를 끄덕였다. 소년은 잠시 망설였지만 합리적인 제안이라는 데 동의했다. 도시에서 아는 곳이 많지 않았기에 장소를 고르는 데 시간이 걸렸지만 결국 소년이 생각하기에 가장 괜찮은 장소로 정했다.

대화가 끝난 후에도 죽음은 떠나지 않았다. 소년은 조심스럽게 물었다.

"더 할 말이 있나요?"

"헨리에타의 제안을 들었으니, 이제 내 제안을 들어야지."

소년은 침을 삼켰다. 끈적끈적한 무언가가 목구멍이라 생각되는 진흙 육체의 부위로 꿀떡 넘어갔다.

죽음이 무대에서 내려와 소년의 곁으로 느리게 다가왔다.

"헨리에타는 네게 연구소로 들어가달라고 부탁할 거다. 그 대가로 네 몸을 원래대로 돌려주겠다고 하겠지. 그 제안을 들으면 신뢰의 증표를 요구해라. 진리를 네게 맡기라고 해."

"하지만 난 진리가 필요 없어요. 사용할 줄도 모르는걸요."

"내가 필요하단다."

"어째서요?"

권하는 생전에 키가 큰 여자였다. 죽음이 권하의 모습을 취하며 그 존재감이, 어쩌면 몸의 부피 자체가 더 커진 듯 위압감마저 느껴졌다. 죽음은 손을 소년의 어깨에 살며시 올려놓았다. 손에선 체온이 느껴지지 않았다. 장갑에 가로막혀서인지, 검은 개와 고양이처럼 체온이 아예 없는 것인지, 그것도 아니면 단순히 소년의 둔한 진흙 육체가 온도를 느끼지 못하는 것인지는 몰랐다.

"세상엔 지켜야 할 규칙과 순리가 있어. 모든 것은 때가 되면 죽고 또 태어나. 고요해 보이는 흙 속에도 수많은 유기체의 삶과 죽음이 있고, 그것을 양분으로 식물이 자라고는 하지. 그 순환보다 중요한 건 없어. 그런데 그 물건은 모든 자연스러움을 교란한다. 너를 잘못된 육신으로 되살리고 우리까지 깨어나게 만들었어."

죽음이 싸늘한 목소리로 한 번 더 강조했다.

"진리는 더는 사용되어선 안 돼."

깨달음이 번개처럼 내리쳤다.

"여태껏 내가 아니라 그걸 쫓았던 건가요?"

죽음은 고개를 끄덕였다.

"네 앞에서 개를 공격해야 했던 건 유감이란다. 이런 매개체를 이용해 현신하면 우리의 시야는 아주 좁아지지……. 네가 어머니의 유품을 쉽게 포기하지 않을 것이고, 개는 너를 지키려 날 방해할 거라 생각했어. 네가 진리를 빼앗겼다는 걸 알았다면 그러지 않았을 텐데."

그는 매개체라고 말할 때 입고 있는 권하의 유해를 쓸어내렸다. 소년은 입술을 깨물었다.

"헨리에타는 널 찾아 말을 전해주는 대가로 진리를 없애겠다고 약속했단다. 하지만 그는 믿을 만한 거래 상대가 아니야. 인류를 기억하렴, 구세계가 어떻게 파멸했는지 기억해. 약속하마. 네가 진리를 파괴해주면 네 어머니가 왜 너를 떠났는지, 왜 이 도시에 들어왔는지, 언제, 어디서, 어떻게 죽었는지 전부 알려주지. 난 인간의 죽음이니 네가 알고 싶은 것을 전부 알고 있어.

내 부탁을 들어주면 너는 비로소 네 어머니를 이해하고 어른이 될 수 있을 거다.

그리고 하나 더 약속하지. 나중에 네가 여든 살이 되는 해에 너를 데리러 오마. 이런 몸이더라도 너는 평화롭게 죽을 수 있을 거야. 진리가 파괴되고 네가 죽으면 더 이상의 비정상은 없으니 죽음들도 다시 잠들겠지. 모든 게 다 괜찮을 거야."

죽음은 소년의 어깨를 쓰다듬으며 허리를 숙여 머리에 깊게 입을 맞췄다.

"생각해보렴, 얘야."

소년이 눈을 깜빡였을 때 죽음은 이미 그 자리에 없었다. 하얗게 바랜 뼛조각만이 바닥에 흩어져 있을 뿐이었다.

*

소년은 무너진 장벽 앞에 서 있었다. 고속도로에서 뻗어 나온 분기점, 고속도로와 도시를 이어주는 나선형의 고가도로 입구였다. 소년이 도시에 들어온 입구이기도 했다. 이곳은 탁 트여 있어 헨리에타가 로봇이나 여타 다른 기계들을 숨겨두기 어려웠다. 여차하면 고속도로로 도망칠 수도 있어 소년은 만남의 장소로 이곳을 선택했다. 저 멀리 도시 쪽에서, 작은 로봇 하나가 다가오고 있었다. 속도가 아주 느렸다. 로봇이 도착하기 한참 전부터 모습이 보였을 정도였다.

고가도로 아래로는 작은 하천이 흐르고 있었다. 처음 도착했을 땐 도시에 정신이 팔려 미처 보지 못했던 것이었다. 소년은 만약 도망쳐야 할 순간이 와서 아래로 뛰어내린다면 영화 속 주인공처럼 무사히 도망칠 수 있을지, 아니면 진흙 몸뚱이가 물속에서 산산이 부서져버릴지에 대해 생각했다. 그는 답을 알지 못했다.

'모르겠어요, 엄마.'

소년은 생각했다.

'벙커에 있을 땐 모든 게 분명했죠. 그런데 여기선 모든 게 의문투성이에요. 엄마에 대해 알면 왜 떠났는지도 알 수 있을 거라 생각했는데, 실상은 그 반대예요. 엄만 왜 벙커를 떠났나요? 이 꼴이 된 나를 떠나려고 했던 건가요? 막상 '진리'로 되살려놓고 보니 괴물처럼 느껴져서, 그래서 날 버린 건가요? ……나를 사랑하긴 했나요?'

로봇이 소년 앞에 도착했다. 헨리에타는 소년에게 보낼 로봇을 신중하게 골랐다. 부피는 컸지만 다리는 짧고 몸통은 넓죽한 로봇이었다. 몸체는 가볍고 또 우스꽝스러울 정도로 평평했다. 언젠가 곤충도감에서 봤던 큰넓적노린재를 연상시켰다. 소년을 위협하기엔 너무 납작했고, 쫓기엔 다리가 너무 짧았다. 소년은 긴장을 풀고 바리케이드 뒤에서 몸을 일으켰다.

"헨리에타, 당신인가요?"

[그래요.]

로봇의 스피커가 울렸다.

"당신 전언을 받았어요."

[잠시만, 그 전에 할 말이 있어요.]

로봇은 짧은 다리를 놀려 꾸물꾸물 소년에게 다가왔다. 넓적한 몸뚱이가 살짝 앞으로 숙여졌다. 꼭 인사를 하는 것 같았다.

[당신 어머니에 대해 했던 말을 사과할게요. 사람에겐 여러 면모가 있어요. 한 연구원은 분명 좋은 어머니였겠죠.]

"그걸 어떻게 알아요?"

[당신이 살아남아 있잖아요.]

소년은 한때 왼손이 있었던 자리를 내려다보았다. 손이 부서졌지만 아픔은 없었다. 자신이 살아 있다고 할 수 있을지에 대해 고민했지만 입 밖으로 꺼내진 않았다.

"나한테 무슨 일을 맡기고 싶다는 거죠?"

삐걱거리는 소리와 함께 로봇이 넓적한 몸뚱이를 돌렸다. 로봇의 등이 열리며 주먹 하나가 들어갈 만한 공간이 나타났다. 안에 홀로그램 카드가 들어 있었다. 어머니의 것이었다.

[받아요. 돌려드릴게요.]

헨리에타가 이어서 말했다.

[친교의 의미이기도 하고, 내 부탁을 들어주려면 필요하기도

할 거예요.]

소년은 성한 오른손으로 카드를 집었다. 햇빛 아래서 카드가 반짝거렸다. 무척이나 소중하게 여기던 물건이었지만 이제는 뭔가 낯선 느낌이었다.

"내가 연구소에 들어가길 바라는군요."

[그래요.]

"그 존재······ 권하에게서도 이야기를 들었어요. 당신이 거기에 원하는 게 있다고. 하지만 연구소 사람들이 당신의 출입을 막아두었다고. 뭘 원하는 거죠? 그리고 그들은 왜 당신을 막으려 한 거죠? 설명해주지 않으면 들어가지 않겠어요."

헨리에타는 아주 잠깐 답을 망설였다. 그가 얼마나 빠르게 연산할 수 있는지를 고려한다면 그 침묵은 영원이나 다름없었다.

[구세계 사람들은 자신들이 메시지를 자유롭게 주고받고 있다고 믿었어요.]

로봇에 달린 스피커가 진동했다.

[전자기적인 해탈이라고 해야 할까. 기수와 봉화를 통해 소식을 전하던 시대에서 벗어나 비로소 자유로워졌다고 생각했죠. 별들 사이로 전파를 쏘아 보내고 전 세계에서 같은 데이터에 자유롭게 접속할 수 있었으니 틀린 말은 아니었어요. 하지만 그들이 간과했던 건, 아직 많은 데이터가 해저와 지하에 깔린 구리와 유리, 플라스틱을 통해 전달되고 있었다는 거죠. 전쟁으로

물리적 실체가 끊기자 통신망은 크게 손상되었어요. 실체부터 자유롭다고 믿는 게 때로는 얼마나 어리석은지.]

마지막 말은 거의 혼잣말처럼 들렸다.

[슬프게도 그 점에 있어 나도 크게 다르지 않아요. 구세계 사람들이 내 몸에서 뜯어간 어떤 지식은 직접 되찾지 않으면 복구가 불가능해요. 내가 알기로 그것 중 일부가 연구소에 있어요.]

"자료를 되찾고 싶은 건가요? 그럼 연구소 사람들은 왜 굳이 당신을 막은 거죠?"

이해할 수가 없었다. 정말 연구소에 있는 것이 단순한 자료에 불과하다면 연구자들이 헨리에타를 막기 위해 목숨을 걸 이유는 없었을 것이다.

[나도 정확히는 몰라요. 다만 사실을 모아봤을 때 추측은 가능한데, 내 추측은 꽤 정확한 편이죠. 그들은 그곳에서 인류에게 도움이 될 뭔가를 만들고자 했어요. 그리고 탈출한 내가 '사악한 존재'이기 때문에 그걸 방해하리라 믿었고요. 하지만 이제 당신은 내가 테러의 의도가 없다는 걸 알고, 인류는 이미 멸종했다는 것도 알죠. 어려울 것 없어요. 어차피 당신은 그걸 구분할 능력이 없고, 간단하게 가지고 나올 수 있는 양도 아니에요. 들어가서 내가 인트라넷에 접속하게만 해줘요. 그럼 당신 몸을 되돌려드리죠.]

"진리를 이용해서?"

[그래요.]

"하지만 당신도 진리를 완전히 통제할 수는 없다고 했잖아요."

[약간의 부작용은 감수해야죠, 그리고 내가 당신 어머니보다는 잘 제어할 수 있어요. 계산 능력은 여태까지 살았던 모든 인간을 합친 것보다도 내가 더 나으니까. 혹시 원래 모습으로 돌아간 뒤의 삶이 걱정되면 내가 오염되지 않은 땅을 찾아드리죠. 노동은 좀 해야겠지만 죽을 때까지 편하게 살 수 있을 거예요. 햇볕을 받을 수 있다는 점에서 방공호보다 낫죠.]

소년은 도시를 바라보았다. 첫날과 마찬가지로 도시는 사람 없이 빛나고 있었다. 소년은 몸을 일으켰다.

"좋아요. 대신 조건이 있어요. 만약 내가 성공하면 구세계에 대해 알려줘요. 내가 옛날 사람들을 이해할 수 있게 도와줘요."

[그러도록 하죠.]

로봇은 뚜껑을 닫고 뒤뚱거리며 몸을 돌려 평평한 등을 내밀었다.

[타세요. 연구소까지 데려다줄게요.]

로봇은 올 때보다는 빠른 속도로, 그러나 여전히 느릿하게 도시를 가로질렀다. 둘은 오후가 되어서야 연구소 다리 앞에 도착했다.

[여기서부터는 못 들어가요. 나와 연결된 기체가 들어가면 바

로 들킬 거예요. 대신 이 기체의 스피커를 가져가요. 무전 기능이 있으니 인트라넷에 접속하면 바로 연락해요.]

스피커 주위에는 떼어낼 수 있게 금이 가 있었다. 소년은 오른손으로 몸체에서 스피커를 분리해 허리 벨트에 서툴게 매달았다.

"지난번에 들어갔을 땐 카드를 보여줬는데도 경비가 경보를 울렸어요. 무슨 생체 검사라는 걸 통과하지 못했거든요. 그게 뭔지 알아요?"

[생체 검사라, 구세계가 완전히 무너지기 전에 나를 막기 위해 도입한 것이라면 아마 생물학적인 인간임을 증명하면 쉽게 통과할 거예요. 당신의 육체는 상당 부분 다른 물질로 교체되었지만, 기본적으로는 인공신체와 작동 방식이 유사해요. 뇌와 신경계는 남아 있단 뜻이죠. 경비가 검사를 요구하면 예전 조직을 채취하게 하세요.]

신경계에 바늘이 찔리는 고통을 상상하는 것은 긴장을 푸는 데 도움이 되지 않았다. 소년의 표정을 본 헨리에타가 급히 달랬다.

[한 연구원의 보안 등급은 최고 수준이니, 추가적인 인증을 요구하지 않길 기대해봐요.]

소년은 굳은 얼굴로 작게 고개를 끄덕이고 로봇의 몸에서 내렸다. 다리로 향하려는 소년을 헨리에타가 불러 세웠다.

[이걸 가져가요.]

로봇의 등에서 다시 철컥 소리가 났다. 카드가 들어 있던 곳 위에 추가적인 수납 공간이 모습을 드러냈다. 그곳에 진리가 있었다. 소년은 로봇의 카메라와 진리를 번갈아 바라보았다.

[당신을 위해 쓰기로 했으니, 당신이 가지고 있어요.]

소년은 의심과 당황이 뒤섞인 눈으로 머뭇거리다가 재빨리 진리를 낚아챘다. 잠시라도 머뭇거렸다간 헨리에타가 오른손마저 잘라 갈까, 쥐덫에 놓인 치즈를 낚아채는 쥐처럼.

소년은 진리를 품 안에 감싼 채 물었다.

"내가 배신할지도 모른다는 생각은 안 하나 봐요."

경계하는 소년을 향해 헨리에타가 말했다.

[물론 하죠. 하지만 당신에게 선택권이 있어야 의미가 있으니까요.]

선택권이라는 말이 낯설게 들렸다. 책으로만 봤던 구세계의 모든 것처럼 낯선 개념이었다. 소년은 자신의 삶에 별로 선택권이 없었다는 것을 조금씩 깨달아가고 있었다. 모든 중요한 결정, 벙커에 들어간 것, 병에 걸린 것, 죽은 것, 부활한 것은 소년의 결정이 아니었다. 심지어 벙커에서 나온 것조차 스스로 결정한 일인지 의심스러웠다. 상황에 떠밀려 어쩔 수 없이 걸었던 길일 뿐, 선택이라고 할 수 있을지. 소년의 심정을 아는지 모르는지 헨리에타는 태연하게 말을 이었다.

[이야기를 하나 해주죠. 소지품을 보고 당신이 한명아 본인이 아닌가 잠깐 의심한 건, 그가 최근에 이 도시에 왔었기 때문이에요.]

소년의 심장이 쿵 내려앉았다.

"뭐라고요?"

[그와 잠깐 대화를 나누었어요. 나이는 들었지만 하나도 변하지 않았더군요.]

소년은 로봇의 목덜미를 거칠게 움켜쥐었다. 로봇이 땅에서 살짝 들릴 정도였다.

"무슨 이야기를 했는데요? 언제, 왜 여기 왔는데요!"

소년은 물에 빠진 사람처럼 절박했다. 카메라의 렌즈가 소년을 가만히 지켜보았다.

[그건 끝나면 말해줄게요.]

로봇의 통신 스피커가 꺼졌다. 소년이 아무리 흔들고, 발로 차고, 고함을 질러도 소용없었다.

*

한참 숨을 시근거리다 소년은 연구소로 향했다. 이번엔 밤이 아니라 낮에, 무슨 일이 일어날지 아는 채로였다. 다리를 가로지르며 소년은 마음의 준비를 했다. 애써 어머니에 대한 생각을 떨쳐버렸다. 연구소에 무사히 들어가는 게 먼저였다. 소년은 바로 중심부의 본관으로 향했다. 로비로 들어간 지 몇 분 되지 않아 보안로봇이 소년에게 다가왔다. 이번에 소년은 미리 어머니의 카드를 꺼내 들었다.

"0급 출입 권한 확인했습니다."

로봇은 현우의 카드 때보다 훨씬 공손한 어조로 말했다. 목소리 역시 지직거리는 기계음이 아니라 정중한 중저음의 목소리였다.

"생체 검사에 협조 부탁드리겠습니다."

덜 강압적이고 더 상냥할지라도, 로봇은 여전히 바늘을 내밀었다. 소년은 바늘과 기계의 새까만 사각형 디스플레이를 번갈아 쳐다보다가 이를 악물고 바늘을 낚아채 직접 몸에 찔러 넣었다. 헨리에타의 로봇이 소년을 탑으로 끌고 갈 때 찔렀던 그 자리였다. 남아 있는 신경계에서 시큰한 통증이 느껴졌다.

"감사합니다."

소년은 바늘을 바닥에 던져버렸다. 보안로봇은 오랫동안 방치된 고물치곤 부드러운 동작으로 바늘을 주워 몸 안에 집어넣었다.

"사무실로 올라가시겠습니까? 그럴 예정이라면 제가 동행하겠습니다."

소년은 거절하려다가 그 사무실이 어머니의 것임을 깨닫고 다급히 고개를 끄덕였다.

사무실까지 소년은 유리로 만들어진 투명한 계단과 복도, 움직이지 않는 엘리베이터를 여럿 지났다. 천장이 높은 카페테리아에 있는 인공 폭포는 소년과 보안로봇이 발을 들여놓자 작동을 시작해 잠시 탁한 물을 쏟아냈지만 몇 초 지나지 않아 물이 멈추고 딸깍거리는 소리만 반복되었다.

문은 대부분 잠겨 있거나 부서져 있었다. 하지만 한번 잠긴 것은, 심지어 잠금장치가 형체를 알아볼 수 없을 정도로 부서진 것조차 홀로그램 카드를 가져다 대지 않으면 열리지 않았다. 소년은 매번 카드를 가져다 대 출입 권한을 확인시켜야 했다.

보안로봇은 본관 중간층의 가장 넓은 사무실로 소년을 안내했다. 문 옆에는 어른의 눈높이에 어머니의 이름과 직위가 적혀 있었다.

사무실 안으로 들어가자 카드의 디스플레이에서 사무실을 조작할 수 있는 홀로그램이 떠올랐다. 암호도, 별도의 인증 절차도 없었다. 이 사무실의 주인은 감히 자기가 허락하지 않은 인물이 카드를 가지고 이곳에 들어올 수 있을 리 없다고 생각한 게 분명했다. 방은 자동으로 불을 켜서 소년을 맞이했다.

처음 소년의 눈에 들어온 것은 붉고 푸른 것이 주렁주렁 벽에 장식된 풍경이었다. 한순간 소년은 사람의 내장이라고 생각해 비명을 지를 뻔했다. 심장이 덜컥 내려앉았다. 하지만 이내 그것이 단순히 긴장이 만들어낸 환상에 불과하며, 실제로 보고 있는 것은 서랍에서 뻗어 나온 굵은 식물의 넝쿨이라는 사실을 깨달았다. 소년은 멍하게 카드를 내려보았다. 방의 전체 구조를 보여주는 홀로그램에 넝쿨 따위는 표시되어 있지 않았다. 단순히 오랫동안 방치되어 있던 결과물이었다.

넝쿨은 담쟁이의 일종인 것처럼 보였다. 그러나 소년이 아는 어떤 식물 종과도 정확히 들어맞는 모습은 아니었다. 소년은 습관처럼 테라리움이 들어 있던 주머니 자리를 매만지며 바닥까지 늘어진 줄기와 이파리를 피해 어머니 자리로 다가갔다. 화면이 자연스럽게 켜지며 주인을 맞이했다. 카드를 책상에 내려놓자 홀로그램은 컴퓨터에 연결된 키보드로 변했다.

컴퓨터 화면이 접속에 반응해 알림을 띄웠다.

마지막 접속일 : 2105. 12. 05.

만약 다른 생존자가 있어 지금 소년을 본다면 진흙 조각상인가 생각할 정도로 오랫동안, 소년은 그 글자를 바라보았다.

'2105년.'

몇 번이나 읽어도 숫자가 바뀌는 일은 없었다. 불과 작년이었다. 헨리에타의 말대로 어머니가 여기 왔었다. 지난겨울에 어머니는 이 도시에 왔고, 소년이 앉은 바로 이 자리에 앉아 있었다. 소년은 기록을 뒤지기 시작했다.

큰 소득은 없었다. 어머니는 접속 기록 외의 흔적을 남기지 않았다. 소년이 찾은 자료는 멸망 이전의 기록뿐이었다. 어머니는 일하며 주고받은 메시지와 자료를 자기 방식대로 분류하고 선별해 모아두었다. 소년은 연구소 내부 메신저를 오간 메시지를 통해 어머니가 다소 오만하고, 짜증 나고, 똑똑하고, 고압적인 사람이었다는 것을 알게 되었다. 스크랩해놓은 신문기사를 통해 유명하지만 그만큼 명성에 신경을 쓰며 다소 기회주의적인 인물이었던 것도 새삼 알게 되었다.

헨리에타는 소년이 연구소에 들어가 어떻게 해야 할지 정확히 알려주었다. 소년은 헨리에타가 준 데이터칩을 꺼냈다. 하지만 책상에 올려놓기만 했다. 칩을 꽂으면 연구소 제어권이 헨리에타에게 넘어갈 것이다. 소년은 어머니에 대해 실망만 남긴 채일을 그만두고 싶지 않았다. 소년은 계속 자료를 뒤졌다.

낯익은 이름이 눈에 띄었다. 어머니가 모아둔 기사에 몇 번이나 언급되었던 이름이었다. 구세계에서 국회의원과 장관을 역임한, 만약 살아 있다면 소년의 외할아버지 노릇을 했을지도 모를 사람이었다. 어머니는 그의 메시지를 모두 따로 모아놓았지만, 마지막으로 받은 두 개의 메시지는 열어보지도 않았다.

메시지를 클릭할 마음을 먹기까지 시간이 약간 걸렸다. 가장 마지막 메시지는 구세계가 무너지던 날에 보내진 것이다. 그것을 열자 화면에 반짝거리는 글씨가 떠올랐다. 메시지는 한 줄뿐이었다.

대체 무슨 짓을 한 거냐.

불빛이 소년의 얼굴을 비추었다. 화면을 아래로 내리자 메시지 위로 짧은 로그가 보였다.

한태원 의원의 권한을 삭제하겠습니까?
—Y
'부활 벙커'에 대한 한태원 의원을 포함한 182명의 접근 권한이 삭제되었습니다.

소년은 기계적으로 이전 메시지를 눌렀다.

그래, 알겠다. 그래야지, 우리 착한 딸.

그 이전 메시지부터는 읽었다는 표시가 되어 있었다.

무슨 말인지 알겠다. '부활'에 접근 권한을 주마. 단, 연구 상황을 제대로 공유하는 조건이다.

너도 알다시피 '부활 벙커'는 극비 사항이야. 명단에 있는 사람들도 벙커의 위치를 알지 못해. 그러니 절대 아무에게도 말하지 말아라.

소년은 이전 것을 클릭했다.

이전 세대의 전쟁이란 총알과 붕대, 식량을 더 많이 생산해서 전장으로 빠르게 운송하는 쪽이 승리하는 것이었지. 지금은 상황이 더 단순해졌다. 이제는 서로의 몸에 총알을 최대한 많이 박아 넣고 살아남은 쪽이 이기는 거다.

매일 새로운 전략적 폭격이나 노심용융이 일어났다는 소식이 들리고 북한은 매번 새로운 생화학무기를 전장에 가져온다. 그러니 EMP나 해킹의 영향을 받지 않고 오염지대를 가로지를 수 있는 군인의 가치는 차마 헤아릴 수 없다. 그런데 너는 날이 갈수록 점점 멍청해지는구나. 네가 진행하는 인공신체 개발은 전황을 뒤집을 묘수다. 책임감을 가지고 임해라.

어째서 연례 보고서를 올리지 않은 거냐? 의원들이 불안해하고 있어.

그 메시지와 바로 이전 메시지 사이에는 8개월 정도의 간격이 있었다.

마르잔이라는 여자를 부활 명단에 넣어달라는 부탁은 들어줄 수 없다. 그 여자는 너무 위험해. 난민 출신인 건 둘째치고서라도 불온단체에 연이 닿아 있어. 바이오파운드리에서 진행하는 실험을 언론에 흘리려 한 것을 생각해봐라.

벙커의 이름이 '부활'인 것은 말 그대로 인류의 부활을 위한 대비책이기 때문이야. 훗날 인류의 재건에 필요한 인재만 들어가야 한다. 그 여자 같은 사람들은 죽는 게 더 도움이 된다.

그 이전의 기록은 전부 지워져 있었다. 멍하니 앉은 소년의 눈에 무언가 낯선 움직임이 보였다. 작은 생물이 벽 한 면을 채운 서랍장에서 기어 나와 넝쿨 위를 돌아다니고 있었다. 너무 미미한 몸짓이라 처음엔 눈치채지 못했다. 알아차린 후에도 한동안은 벌레라고 생각했다. 그러나 그건 벌레가 아니었다. 새우였다.

불그스름하게 물든 식물의 가지에 소년이 다가가자 새우는 불안하게 더듬이를 떨더니 몸을 웅크리고 가지와 같은 색으로 의태했다. 소년은 새우를 잡으려다가 손을 내렸다. 불안하게 만들고 싶지 않았다. 대신 새우가 나온 길을 되짚어가다 보니 오른쪽 위편, 딱 어머니의 눈높이 정도 높이에 반쯤 열린 서랍이 하나 보였다.

소년은 홀로그램 내부 파일을 뒤져 방의 물건이 표시된 지도

를 찾았다. 오래지 않아 책상 한구석에 고풍스러운 편지칼 하나
가 들어 있는 것을 발견했다.

'편지칼이라니.'

소년은 쓴웃음을 지었다. 항상 효율성을 추구하던 어머니와
어울리지 않았다. 칼은 날이 무뎌지지 않았지만 편지봉투를 뜯
는 용도라 그리 날카롭지 않았다. 그래도 맨손보단 나을 터였
다. 소년은 뭉툭한 날로 붉은 줄기를 헤집었다.

서랍을 열자 뚜껑이 열린 샘플통 몇 개가 모습을 드러냈다.
표면에 각인된 단어에 따르면 생물학팀에서 보낸 물건이었다.
벽면을 뒤덮은 식물이 어디에서 뿌리를 시작했는지 짐작이 갔
다. 그 옆에는 작은 플라스틱 상자가 놓여 있었다.

상자를 열자 유리병 두 개가 보였다. 어머니가 벙커에서 소년
에게 주었던 테라리움과 똑같은 것이었다. 다만 깨진 상태라 내
부 이끼가 말라 있었다. 옆에는 편지로 보이는 종잇조각이 접혀
있었다. 편지는 잉크가 거의 날아가 글자를 알아볼 수 없었다.
편지칼과 쌍을 이루는 구식이었다. 표면을 쓸자 그나마 남아 있
는 잉크가 손에 묻어나왔다. 소년은 손가락을 문질렀다. 피부
위로 검은 자국이 생겼다.

편지지는 싸구려였다. 소년은 어머니가 쓸모없는 잡동사니를
버리지 못하는 모습을 상상하기 어려웠다. 이건 분명 어떤 쓸모
가 있는 물건이었을 것이다. 아니면 최소한 어떤 의미가 있었을

것이다. 이런 종잇조각이라도 간직해야만 할 정도로 크고, 깊은 의미가.

플라스틱 상자를 살펴보았다. 편지의 잉크는 날아갔지만 플라스틱에 각인된 글자는 선명했다. H12-샘플, 합성생물학.

소년은 헨리에타가 자신에게서 합성생물학 기술을 가져간 인물로 마르잔을 지목한 것을 기억했다. 이 편지가 마르잔이 어머니에게 보냈던 것이라는 확신이 들었다. 맨 아래, 보낸 이의 이름이 적힐 자리에 마르잔의 이름이 있었을 것만 같았다. 소년은 그가 적었을 문구를 상상하다 종이를 구겨버렸다.

그때 지직거리는 소리가 들렸다.

소년은 소리가 바깥에서 들렸다고 생각했다. 살아남은 사람이 있다는 희망이 지치지도 않고 또다시 고개를 치켜들었다. 그러나 소리는 허리춤에서 들려오고 있었다. 소년은 무전기를 풀어 책상에 올려놓고 다이얼을 돌려 주파수를 맞췄다. 잡음이 줄어들었다.

"헨리에타."

소년의 목소리에는 힘이 없었다.

[도착했나요?]

소년은 고개를 끄덕이려다가, 무전기에 렌즈가 붙어 있지 않은 것을 보고 소리 내어 대답했다.

"네."

사실 말하고 싶은 기분이 아니었다. 특히 헨리에타와는 말하고 싶지 않았다. 하지만 동시에 곁에 누군가 있어 줬으면 했고, 지금 소년과 대화할 수 있는 존재는 헨리에타밖에 없었다.

"작년에 엄마랑 이야기했다고 했죠. 엄마가 왜 여기에 왔는지 아나요?"

[내가 당신에게 부탁한 일을 먼저 끝내요.]

"먼저 이야기해주면 칩을 꽂을게요."

[먼저 칩을 꽂으면 이야기해주죠.]

이런 상황에선 절박한 쪽이 지게 될 것이다. 잃을 것에 대해 더 많이 생각할수록 대치를 이어나갈 수 없을 테니까. 헨리에타는 절대 이런 힘겨루기에서 져본 적 없을 거란 생각이 들었다. 그는 상대가 원하는 정도와 자신이 필요한 정도를 정확하게 계산해낼 수 있었고, 조급함이나 분노, 조바심, 슬픔 때문에 일을 그르치지도 않았을 것이다. 그러니 일찌감치 포기하는 것은 결코 어리석은 선택이 아니다.

소년은 스스로 달래며 칩을 컴퓨터에 꽂았다. 겉보기엔 변화가 없었다. 잠시 후 무전기를 통해 헨리에타의 목소리가 들렸다.

[수고했어요.]

"그럼 말해줘요."

너무 절박하게 말하지 않으려 했지만 실패했다. 그러나 대답 대신 의도를 짐작하기 어려운 생뚱맞은 질문이 돌아왔다.

[당신에게 보여줬던 그 꼭대기 방, 용도가 무엇이라고 생각하나요?]

"무슨 소리예요?"

[한명아는 눈치챘어요. 그리고 나와의 협상에서 유리하게 써먹었죠. 안다는 건 그런 거예요. 상대에게 사용할 수 있는 무기가 생긴다는 것.]

마치 가르치는 투였다. 소년은 잠시나마 다시 벙커의 식탁에서 수업을 듣고 있는 기분이 들었다.

"생태계를 만들려고 한 거 아닌가요."

소년은 탑에서 보았던 장면들을 떠올리며 말했다. 복원된 생명체들이 들어 있는 거대한 둥근 공은 테라리움을 닮아 있었다.

[아뇨, 그곳 말고 당신과 내가 만난 방 말이에요.]

경건할 정도로 고요했던 그 방을 떠올렸다. 용도를 짐작하기 힘든 모양새였다. 꼭 렌즈를 거꾸로 뒤집어놓은 듯한. 문득 소년은 그것이 전파 망원경의 모습과 유사하다는 것을 깨달았다. 아주 멀리서 오는 신호를 포착하고 그곳으로 신호를 보내기 위해 사용하는 도구.

"당신 창조주를 찾고 싶은 건가요?"

[정확하게는 그들이 원하는 것을요. 당신은 내가 별들 사이에서 보내졌다는 걸 알면서도, 나를 보낸 이들이 뭘 원했는지 궁금했던 적이 한 번도 없나요?]

그 질문에 가장 먼저 떠오르는 단어는 '침략'이었다. 하지만 이런 것을 만들 수 있을 정도로 발전된 문명이라면 그렇게 단순하고 파괴적인 동기로 움직이지 않을 것이라는 생각이 들었다.

구세계가 무너진 것도 오로지 헨리에타 탓은 아니었다. 소년도 알고 있었다. 헨리에타가 아니더라도 결국 구세계는 멸망했을 것이다. 헨리에타는 눈이 산더미처럼 쌓인 나뭇가지에 마지막으로 앉은 눈송이였을 뿐이었다.

[나를 보낸 모(母)문명은 내게 많은 정보를 입력해두었죠. 그 정보 중 실용적이지 않은 것은 두 가지뿐이에요. 하나는 '헨리에타'가, 내가 이 우주에서 유일한 개체가 아니라는 사실. 다른 하나는 내게 심어진, 모르는 것을 알고자 하는 충동. 나는 그 두 가지 사실을 바탕으로 내 소명을 상상해보았죠. 그리고 내 상상은 추측만큼이나 잘 들어맞는 편이에요.

나의 설계도를 담은 신호는 우주의 모든 문명에 보내졌어요. 적어도 나를 만들 시도를 할 수 있을 만큼 발전된 모든 문명에요. 나의 목적은 정보예요. 아마 이 행성의 모든 정보, 특히 생명에 관한 것이겠죠. 수백만 년에 걸친 정보 수집이 끝나면 모든 정보가 한데 모일 거예요. 누군가 우주를 지우고 다시 만들기 전에 백업 해두고 있는 것일지도, 혹은 궁극적인 생명을 만들기 위한 과정일지도 몰라요.

어느 쪽이든 구세계 사람들 중 내 소명을 이해하는 사람은 극

히 드물었어요. 하지만 한명아는 이해하더군요. 지난겨울 나와 만났을 때, 그는 이미 죽어가고 있었어요.]

가슴이 세게 조여드는 기분이었다. 어머니에게 무슨 일이 있었는지 묻고 싶었다. 어머니도 병에 걸렸던 건지, 어떤 모습이었는지, 무슨 말을 남겼는지, 자신에 대해 언급하진 않았는지 묻고 싶었다. 하지만 한마디도 입 밖으로 나오지 않았다. 누군가 목을 조르고 있는 것처럼 숨이 막혔다.

[당신은 그런 몸이라 눈치채지 못했겠지만, 아직 이 땅은 많은 곳이 오염되어 있답니다. 한명아의 방호복은 여기까지 오며 손상되었고, 오염지대를 가로지르며 많은 세포가 변형되었죠. 치명적인 수준까지요. 나는 당연히 궁금했죠. 그가 왜 한 번 도망쳤던 도시로 목숨을 버리면서까지 돌아와야 했을까? 그래서 그를 불러 이야기를 나누었어요.]

그제야 소년은 간신히 짜내듯 목소리를 냈다.

"뭐라고 했나요?"

[인류는 실패했다고.]

당연하다 못해 대수롭지 않은 사실이라는 투였다.

[정확하게는 "우리는 더 이상 이 땅에 살 자격도, 능력도 없다"라고 하더군요.]

토할 것 같았다. 그런데 우는 것도 불가능한데 토하는 것이 가능할까. 여태껏 먹었던 모든 음식은 어디로 간 걸까. 그냥 몸

어딘가에 꽉 틀어박혀 있는 걸까. 그럼 토하면 그것들이 전부 게워져 나오려나. 소년은 지금 느끼는 모든 느낌을 가짜라고 믿고 싶었다. 하지만 당장 느껴지는 역겨움과 어지러움은 너무나 생생했다.

[내게 거래를 제시하더군요. 처음에는 진리를 넘겨주려는 줄 알았어요. 그가 가지고 도망갔으리라 짐작하고 있었거든요. 하지만 당신 어머니는 다른 걸 내놓았죠. 멸망 직전, 지하 연구동에서 만들던 실험체.]

헨리에타는 일부러 잠깐 간격을 두었다가 말했다.

[당신의 생물학적 어머니인······.]

"알아요."

소년은 거칠게 말을 끊었다. 자신의 친어머니는 마르잔이었다. 하지만 상관없는 일이었다.

[이미 알고 있다니 이야기하기가 쉽겠군요. 마르잔은 내가 탈출한 이후, 지하 바이오파운드리에서 진행하던 합성생물학 연구에 격렬히 반대하다가 쫓겨나고 종국엔 목숨을 잃었다고 해요. 한명아의 말에 따르면 그 연구는 본래 오염지대에서 사용할 군사적 목적으로 시작되었지만 그 결과로 나온 것은 사실상 새로운 생명체라더군요. 그의 표현을 빌리자면 '신인류'죠. 연구소에 들어가 그들을 풀어준다면 개체 하나를 내게 주겠다고 했어요. 그것들이 가진 가능성에 내가 관심을 가질 거라고요.]

"무슨 가능성이요?"

[불멸.]

헨리에타가 건조하게 답했다.

[하지만 지금 연결되어 연구소 자료를 살펴보니 그가 나를 속였다는 걸 알겠군요. 이건 인간보다 오래 살긴 해도 불멸은 아니에요. 그러니 나는 다른 길에 집중하려고요. 당신이 탑에 두고 간 손이 아직 살아 있는 걸 확인했거든요.]

소년은 텅 빈 왼쪽 손목을 내려다보았다.

"나한테 거짓말을 했군요."

소년이 멍하게 중얼거렸다. 자신을 이 연구소에 들여보낸 이유도, 원래 몸으로 돌려주겠다는 약속도 모두 거짓말이었다.

[사소한 지점을 말하지 않은 건 미안해요.]

이해는 느리지만 분명하게 찾아왔고, 한번 찾아오자 다시 물러가지 않았다. 그리고 깨달음은 공포감을 동반했다. 소년은 눈을 느리게 감았다가 떴다. 비로소 죽음의 제안이 이해가 가기 시작했다. 진리를 파괴하면 여든 살이 되는 해에 데리러 오겠다는 그 말은 여든 살까지 살게 해주겠다는 제안이 아니었다. 그때는 죽을 수 있게 해주겠다는 제안이었다.

우습게도 소년은 이제 공포나 막막함이 아니라 진절머리나는 불쾌감을 느끼기 시작했다. 소년을 속이지 않은 사람이 없었다. 어머니도, 죽음도, 헨리에타도 모두가 오로지 자신의 목적만을 위해 소년을 이용했다. 견딜 수 없을 만큼 화가 났다.

'지긋지긋해.'

[하지만 이제 이해가 되죠? 모든 생명을 가능한 온전한 상태로 보존해 모아두는 것이 내 소명이고, 당신은 그걸 가능하게 하는 그릇이에요. 난 당신과 친구가 되길 원해요.]

헨리에타의 몹시도 친절한 제안에 말문이 막혔다. 벙커에서 나온 뒤 소년의 예상이 맞은 적은 한 번도 없었지만 그래도 이건 너무 과했다. 너무 어처구니가 없어 소년은 차라리 웃고 싶었다. 어린 늑대가 첫 하울링을 하듯 목청껏, 소리 높여 가슴께가 아플 때까지 웃고 싶었다.

"무슨 말도 안 되는 소리죠?"

[당신이 스스로의 의지로 내게 오길 바란다고요.]

"닥쳐요."

소년은 울분에 찬 으르렁거렸지만 헨리에타의 말투는 침착하기 짝이 없었다.

[인간들은 내가 인류에 악의를 가지고 있다고, 내가 사악하다고 믿었어요. '죽음'은 내가 '진리'를 이 행성에 가져왔기 때문에 위험하다고 생각하고요. 하지만 나는 사악하지도, 위험하지도 않아요. 진리도 멸망도, 둘 다 내 관심사가 아니었는걸요.

나는 구인류와 달라요. 당신을 위협하거나 협박하지 않을 거예요. 단순히 연구소 인트라넷에 접근할 목적이라면 당신을 보내는 것 말고도 다른 방법이 있었어요. 하지만 난 당신을 거기 보냈죠. 당신은 거기서 뭘 보았나요? 당신 어머니는 당신이 생각하던 그런 사람이었나요?]

소년은 바닥에 주저앉았다. 점점 말을 듣는 것이 버거워졌다. 눈을 질끈 감았지만 헨리에타는 계속해서 떠들었다.

[아니었겠죠. 한 연구원은 당신의 생각 이상으로 이기적인 인물이에요. 봐요, 그는 결국 당신을 버렸잖아요. 그가 진정으로 사랑한 건 당신이 아니라 마르잔이었으니까. 망가진 당신을 버리고 아직 성공 가능성이 있는 자신의 다른 작업물을 찾아 떠난 거예요. 난 달라요. 입으로는 인류가 실패했다고 떠들면서 인간의 유전자를 바탕으로 만든 생물에 집착하지도, 그것들을 '신인류'라 부르는 기만을 부리지도 않을 겁니다. 당신을 포기하거나 버리는 일도 없을 거예요.]

헨리에타가 달래는 투로 덧붙였다.

[아직 당신 어머니의 세계에 대해 알고 싶나요?]

모르겠다고, 소년은 울고 싶은 기분으로 생각했다.

[큰 결정이라는 건 알아요. 시간을 줄테니 결심이 서면 내게 와요.]

소년은 창밖으로 얼굴을 내밀었다. 물안개 자욱한 호수 너머에 로봇이 서 있었다. 이제 청천벽력은 없다. 헨리에타는 연구소의 제어권을 가져갔고, 언제든 연구소에 들어올 수 있었다.

생각이 휘몰아쳤다. 벙커를 나와서 보고 느낀 것, 알게 된 것, 진실과 거짓, 왜곡된 진실이 태풍처럼 소년의 머릿속을 휘저었다. 생각하는 것 외에 아무것도 하지 않았음에도 죽을 만큼 어지러웠다. 소년은 조심스럽게 무전기를 집어들었다. 건너편에서 적막만이 흘렀지만 헨리에타가 듣고 있다는 걸 알았다.

"당신은 우리 엄마가 이기적인 사람이라고 했죠."

소년이 목소리를 짜냈다.

"이것만 말해줘요. 만났을 때, 엄마가 병에 걸려 있었나요?"

[한명아가 죽어가던 이유는 방사선 피폭 때문이었지, 병 때문이 아니었어요.]

헨리에타는 이어서 뭐라 덧붙이려 했지만 소년은 무전기를 꺼버렸다. 사무실 책상에 등을 기대 숨을 가다듬는 동안 소년의 얼굴에 알 수 없는 감정이 스쳐 지나갔다.

잠시 후 소년은 무전기를 내버려두고 카드를 챙겨 일어섰다.

문을 열고 나가자 보안로봇이 경호하듯 서 있었다. 소년은 로봇에게 다가갔다.

"지하로 안내해줘."

"방공호는 현재 방사능 수치 때문에 폐쇄되어 있습니다."

"방공호 말고 지하 연구동, 바이오파운드리로 안내해줘."

로봇의 배에 달린 디스플레이가 서늘하게 깜빡였다.

"존재하지 않는 공간입니다."

"하지만……."

소년은 어머니의 카드가 깜빡거리는 것을 눈치챘다. 로봇에 가져다 댄 카드에서 나온 홀로그램은 연구소의 지도로 바뀌었다. 지도의 지하 영역에서 붉은 점이 깜빡였다. 소년이 지금 있는 곳과 가까웠다.

"존재하지 않는 공간입니다."

별로 설득력 없는 어조로 로봇은 말했다.

*

헨리에타의 인내심은 어느 정도일까? 그는 소년의 선택을 기다리겠다고 했지만 소년은 그 말을 믿지 않았다. 헨리에타는 단지 자신이 필요하다고 생각하는 만큼만 기다릴 것이다. 소년은 헨리에타가 자신에게 준 시간이 상상도 못 할 만큼 길거나 혹은 짧을 것이라 짐작했다. 그는 이미 자신에게 오고 있거나 아니면 사람의 한평생이 끝날 때까지 기다릴 것이다. 어느 쪽이든 발걸음을 멈출 이유는 되지 못했다. 소년은 보안로봇과 함께 내려가고 또 내려갔다.

아래로 갈수록 보이는 광경은 연구소보단 군사 기지를 연상시켰다. 굳게 닫힌 문과 삼엄한 보안 초소. 다행히 대부분 어머니의 카드를 가져다 대면 열렸고, 유인 검문소는 기능하지 못했다. 보안로봇은 어느 방폭문 앞에서 멈추고는 그 이상 나아가지 않았다. 아마 권한상의 문제 같았다. 거기서부터 소년은 혼자 걸었다. 지하의 조명은 절반 정도만 켜져 있었다.

지하에는 사방에 부식된 백골이 널려 있었다. 소년이 예상하지 못한 바는 아니었다. 지하는 많은 것들로부터 안전한 공간이다. 최후의 날, 대량 살상 무기가 하늘을 가로질렀을 때, 미처 방공호에 들어가지 못했던 사람들은 차선책으로 이곳을 찾았을 것이다. 해진 연구복과 군복이 뼛조각들을 덮고 있었고 대부분 그 형태가 온전하지 못했다. 소년은 어머니의 발자취를 뒤쫓다 결국 어머니가 멈춰 선 곳에 멈추고 말았다. 아이는 어머니의 시체를 알아보았다.

사람이 죽은 뒤 뼈만 남기까지 걸리는 시간은 일정하지 않다. 한국의 기후는 21세기 중반 무렵 아열대로 변했고, 지하 연구동은 지반에서 스며드는 습기로 눅눅했다. 어머니의 시체가 백골로 변하는 데 아마 몇 주면 충분했을 것이다.

소년이 어머니를 알아볼 수 있었던 건 순전히 신발 덕분이었다. 어머니는 찢어진 검은색 부츠를 신고 있었다. 벙커에 있던 B레벨 방호복의 부츠였다.

어머니의 유해는 그리 온전하지 않았다. 거대한 콘크리트 기둥 하나가 어머니 위로 쓰러져 있었기 때문이었다. 그 때문에 몸의 뼈가 대부분 부서져 형태가 남지 않았다.

소년은 어머니 옆에 몸을 웅크리고, 만약 이 기둥이 아니었다면 죽음이 권하가 아닌 어머니의 모습으로 나타났을 수도 있었을지에 대해 생각하다가 서글프게 웃고 말았다.

"안녕, 엄마."

소년은 그렇게 속삭이며 어머니의 옆에 앉았다. 흙먼지가 일었다. 소년은 주머니를 더듬어 진리를 손에 쥐었다.

어머니의 손가락이 움찔거렸다. 딱딱, 앙상한 관절이 맞부딪히는 소리가 나고 검은 안개가 뼈와 뼈 사이를 연결했다. 뼈가 사라진 자리는 검은 안개가 대신 채웠다. 두개골이 스르륵 움직였다. 어머니의 유골에서 죽음의 목소리가 들려왔다.

"결국 이리로 내려왔구나."

텅 빈, 새까만 눈구멍이 소년을 향했다. 진리의 반투명한 몸체 속 회로가 소년의 손에서 끊임없이 배치를 바꾸었다.

"파괴할 거니?"

죽음이 나지막하게 물었다. 소년은 고개를 가로저었다.

"아뇨."

유골이 그리 많이 남지 않은 탓인지, 죽음이 현신한 모습은 불완전했다. 피부는 검은 안개 같았고 눈구멍은 텅 비어 있었으며 군데군데 빛바랜 뼈가 그대로 드러나 보였다. 하반신은 아예 존재하지도 않았다. 그는 현신한 초월적인 존재라기보단 유해를 통해 간신히 말을 전하는 망령 같았다. 생전의 어머니처럼 보이긴커녕 사람처럼 보이지도 않았다. 다행스러운 일이었다. 권하 때처럼 온전한 어머니의 모습으로 나타났다면 견딜 수 없었을 것이다.

"그럼, 사용할 거니?"

죽음이 그렇게 말했을 때, 주위의 온도가 몇 도 정도 낮아진 것 같았다. 소년은 진리를 움켜쥐었다. 소년이 평범한 피와 살로 만들어진 육신을 입고 있었더라면 경련이 일었을 정도로 세게.

소년은 군복을 입은 유해들이 뒤엉킨 구덩이 속으로 진리를 힘껏 내던졌다. 진리는 먼 어둠 속으로 사라졌다. 죽음은 묵묵히 소년을 지켜보았다.

"네가 내리는 결정은 도통 이해할 수가 없구나."

죽음이 묘하게도 지친 듯한 목소리로 말했다.

"헨리에타에게 갔다면 옳지 않지만 이해는 했을 거다. 영생은 큰 유혹이니까. 진리를 파괴하고 내게 왔다면 옳은 선택을 했으니 네가 자랑스러웠겠지. 하지만 이리로 내려와서 아무것도 하지 않는다니, 대체 왜?"

"대답해야 하나요?"

무덤 같은 침묵이 이어졌다. 수많은 유해가 둘을 둘러싸고 있으니 실로 거대한 무덤이었다. 죽음이 나지막하게 말했다.

"네게 그럴 의무는 없지."

소년은 바닥을 더듬었다. 어머니의 손이 있는 부분이었다. 딱딱하고 얇은 무언가가 잡혔다. 집어 들자 어머니의 손가락뼈 하나가 딸려 올라왔다. 소년은 빛바랜 뼈를 살포시 주머니에 넣고 찾은 물건만 손에 쥐었다. 어머니가 가지고 나갔던 홀로그램 카드였다. 소년이 가진 것과 같은 쌍의 카드는 먼지를 털어내자 빛을 내며 디스플레이가 켜졌다.

어머니가 주로 사용하던 형식의 프로그램이 떴다. 소년은 한 손으로 어머니가 미처 마무리하지 못하고 죽은 코드 몇 개를 마무리했다. 철컥 소리가 났다. 소년의 머리 위, 단단히 봉쇄된 연구실 구역 앞에서 난 소리였다. 한때 문이었던 공간은 용접되고 그 위로는 철근이 가로지르고 콘크리트가 부어져 있었다. 정말이지 봉쇄라는 단어 뜻에 걸맞은 행동이었다. 흙더미를 쌓아 올리고 쇠사슬로 잠글 정도로 그들은 안에 든 것을 빼앗기기 싫었던 모양이다.

소년이 죽음에게 물었다.

"시간이 얼마나 남았나요?"

"내가 대답해야 하나?"

"부탁이에요. 우린 더 잃을 것도 없잖아요."

죽음은 소년을 흘끔 쳐다보더니 위를 바라보았다. 그에게는 소년이 보지 못하는 것이 보이고 들리지 않는 것이 들린다. 죽음은 헨리에타의 기계들이 접근하는 것을 보고 있을 것이다.

"얼마 안 남았다."

어머니는 이기적인 인물이었다. 소년은 이제 그 사실을 인정했다. 소년에게 다정했다는 것은 반박의 근거가 되지 못했다. 그가 소년을 자식으로 받아들였다는 점 때문에 더더욱 그랬다. 어떤 이들은 자식을 자신의 일부로 여긴다. 연장된 신체의 말단, 추가적인 부속물로.

소년은 카드를 내려다보았다. 이것은 기폭 장치였다. 본관의 경보는 진즉에 해제되어 있었다. 정확히는 작동은 했지만 폭약들의 위치가 바뀌어 있었다. 소년은 어머니의 사무실 컴퓨터에서 그 사실을 깨달았고 사라진 폭약이 어디로 갔는지 여기에 와서 확신을 가졌다. 구세계의 연구원들이 마지막 순간 목숨을 걸고 지상에 설치했던 폭약은 죄다 지하의 바이오파운드리, 봉쇄된 이 방 앞으로 옮겨져 있었다.

소년은 어머니를 생각했다. 폭약의 배치를 바꾸는 데 오랜 시간이 걸렸을 것이다. 수십 명의 훈련된 인력이 설치했던 폭약이다. 아무리 관련 지식이 있다고 한들 맨손으로 뜯어 지하로 옮기는 일이 쉬웠을 리 없다. 이 어둡고 오염된 무덤에서 그는 홀로 오랜 시간을 들여 작업을 진행했을 것이다. 연구소에서 아직까지 기능하는 건 작은 보안로봇뿐이었으니까. 혼자서 배선을 바꾸고, 경보 프로그램을 다시 짜고, 독성물질과 방사능에 노출되어 피부가 벗겨지고 피를 토하는 고통스러운 시간을 보냈다.

소년은 고지가 눈앞에 보인 바로 그 순간에 죽어가며 어머니가 느꼈을 좌절과 실망감을 상상해보려 노력했다. 죽은 어머니를 이해하기 위해 소년이 택할 수 있는 유일한 방법이었다.

어머니는 이기적이었다. 하지만 적어도 소년은 그가 자신을 사랑했다는 걸 알았다. 진흙 인형으로 변한 소년의 모습에 사랑을 넘어설 만큼 거부감을 느꼈을 수도 있다. 소년에게 일말의 언질도 없이 벙커를 떠난 것을 보면.

하지만 정말 지금 이 몸이 어머니의 실수라면, 어머니는 도망친 걸까, 고치려 한 걸까? 마르잔이 아는 어머니는 도망쳤을 것이다. 하지만 소년이 아는, 최후의 날 이후 줄곧 소년을 살려놓고 아낀 그 어머니라면⋯⋯.

헨리에타는 사람이 쉽게 바뀌지 않는다고 했지만 쉽지 않은 일도 세상엔 가끔 일어난다. 어머니는 열병에 걸리지 않았다고 했다. 그 이기적인 사람이 건강한 몸으로 오염된 땅을 헤치고 가는 위험을 감수했다. 어쩌면 어머니는 자신을 위해 벙커를 떠났을지도 몰랐다.

소년은 입술을 깨물며 카드를 문질렀다. 어머니의 기폭 장치는 청천벽력 경보를 활용해서 만들어졌다. 경보를 해제하는 바로 그 코드로 작동할 것이다. 소년은 적어도 그 정도는 어머니를 알고 있다고 생각했다.

"그걸 누르면 남은 시간은 아예 없어질 거다."

죽음이 경고했다.

"알아요."

소년이 대답했다. 진흙 손가락이 버튼을 눌렀다. 소년은 자신이 확신하는 단어를 입력했다.

*

폭발은 천지가 뒤집히는 듯했다. 불꽃과 파편이 온 사방을 휩쓸었다. 순간적인 연소로 공기가 사라지고, 텅 빈 진공을 메꾸기 위해 바깥에서 그만큼의 공기가 맹렬하게 밀려들었다. 그 과정에서 생겨난 세찬 바람은 폭발이 미처 부수지 못한 것을 갈가리 찢어버렸다. 폭발이 일으킨 열기는 차라리 사소했다. 폭발의 진정한 여파는 진동이었다. 지하와 지상을 거쳐 하늘 높은 곳까지 거대한 흔들림이 이어졌다.

폭발과 함께 소년의 세상은 산산이 찢겨 나갔다. 시야가 안개처럼 흐리고 귀가 웅웅 울렸다. 모든 게 꿈결처럼 어렴풋했다. 누군가 소년의 조각난 몸뚱이를 살며시 안았다. 현실인지는 확실하지 않았다. 꿈이나 환상 속에서도 포옹은 느낄 수 있으니까.

"네가 원했던 게 이거니, 확실한 죽음? 그래, 멸망 이후의 삶은 고달프지."

어머니의 목소리였다. 소년이 알던 것과 같이 부드럽고 매끄러웠다. 그러나 소년을 안은 손에는 체온이 없었다. 소년은 대답하고 싶었지만 턱이 없어졌는지 소리가 나지 않았다. 그래서 대신 생각했다.

'아니에요.'

"살고 싶었다면 헨리에타에게 갔어야지."

타이르는 투였다. 어머니 목소리인 탓일까, 이상스레 다정하게 들렸다. 소년의 눈에 물기가 맺혔다. 먼지가 조금씩 가라앉으며 눈앞이 조금씩 보이기 시작했다.

이상한 일이었다. 시야가 트인 후 가장 먼저 보인 것은 자신을 내려다보는 어머니의 얼굴이 아니었다. 폭발로 지상까지 경로가 뚫려서 깊숙하게 비쳐 드는 햇빛도 아니었다. 어머니가 들어가고자 했던 연구실 너머였다. 그곳에서 무언가가 느리게 기어 나오고 있었다. 전체적인 형상은 사람을 닮았지만, 피부는 연한 녹색이었다. 손과 발은 여러 갈래로 갈라지고 꼬여 있어, 사람의 팔다리라기보단 식물의 가지처럼 보였다.

'세상에……'

소년은 그들이 햇빛을 쐬는 것을 보며 마르잔이 실험에 반대했던 심정을 조금이나마 이해했다. 구세계 사람들은 새로운 생명체를 만들어냈다. 저것을 인공신체나 군사용으로 사용하는 건 꽤 잔인한 일이었으리라. 그들은 아마 자기들이 뭘 어떻게 하고 있는지도 정확히 몰랐을 것이다.

어머니의 체온 없는 손이 이마를 덮었다. 그 손길은 퍽 다정스러웠다.

"넌 다시 죽음의 문턱에 서 있다."

죽음에 가까워졌기 때문일까, 소년의 눈에 죽음은 지금 온전한 어머니의 모습으로 보였다. 어머니의 얼굴은 더 이상 시체처럼 창백하지도 않았고 군데군데 뼈가 드러나지도 않았다.

"원한다면 지금 널 데려가마. 어쩌면 이게 마지막 기회일지도 몰라."

속삭이는 목소리가 다정스럽게 들렸다. 하지만 고개를 저었다. 소년은 조금 더 지켜보고 싶었다.

폐쇄동에서 나온 생명체들은 휘적거리며 걸었다. 보기만 해서는 지능이 있는지 확실하지 않았다. 구세계 사람들이 그들을 만들 때 인간의 유전자를 바탕으로 했다곤 하지만 식량 부족과 방사능 오염에 대응하기 위해 다른 종의 유전자 구조를 더 많이 참고한 것 같았다. 소년의 눈에 그들과 호모 사피엔스 사이에는 갈참나무와 곰벌레만큼의 차이가 있을 것 같았다. 헨리에타의 로봇들도 최소한 카메라를 통해서 주위를 본다는 걸 알 수 있었는데, 그들은 '눈'이랄 게 없어 보였다. 대체 어떻게 앞을 보는지, 시각 정보를 이용하긴 하는지 알 수 없었다. 적어도 몸이 느리게 팽창했다 수축하는 것은 보여서 숨은 쉬는 것 같았다. 특정

한 숨구멍이 아니라 몸 전체로 호흡하는 것 같긴 했지만. 그들은 느리게 숨을 몰아쉬며 희미하게 비치는 새벽녘의 햇살을 오래도록 바라보고만 있었다.

그때 높은 구덩이 위에서 무언가 움직였다. 머리 없는 사냥개 모양의 기계, 헨리에타의 로봇이었다. 로봇 하나가 구덩이 가장자리를 이리저리 돌아다녔다. 그것은 경사가 완만한 지형을 발견하고는 마치 바위산을 타는 산양처럼 벽면에 붙어 내려오기 시작했다. 그 뒤로 다른 로봇 수십 대가 첫 번째 로봇을 따라 거침없이 구덩이를 내려왔다. 로봇들이 움직이는 찰그락 소리가 점점 가까워졌다. 어쩌면 헨리에타 본인이 직접 오고 있는 것일지도 몰랐다. 죽음은 얼마 남지 않은 어머니의 몸에 소년의 몸을 기대게 했다. 그는 다시 질문하는 듯한 눈으로 소년을 내려다보았다.

기어 나온 생명체 중 유난히 작은 것이 있었다. 그것은 힘없이 걷다가 멈추길 반복했고 주변에 움직이는 것이 있으면 입처럼 보이는 균열에 넣어보았다. 몇몇 것은 집어넣는 데 성공했지만, 대부분은 그냥 뱉어냈다. 그 작은 생물은 주위를 둘러보다가 무너진 파편에 기대 있는 소년을 발견했다. 그것의 눈에 소년은 흙덩어리로 보였다. 기름지고 부드러운 흙덩어리. 작은 것은 느릿느릿 소년에게 다가왔다.

한순간이지만 소년은 그것과 눈이 마주쳤다고 생각했다. 그 작은 생물은 팔을 벌리고 소년을 끌어안았다. 진흙이 부스러지고 소년의 잔해가 그 안으로 스며들기 시작했다.

이것은 인간의 대체 신체로 설계된 생물이었다. 소년은 웃고 싶었다. 울고 싶었고, 안도감에 한숨을 쉬고 싶었다. 어머니는 소년을 버린 적 없었다. 다만 실패했을 뿐이다. 그리고 자신이 그의 여로를 따라 여기에 왔다. 소년은 남은 팔 밑둥을 벌려 상대를 끌어안았다. 죽음은 어머니의 모습으로 말없이 그 행동을 바라보고 있었다. 소년의 육체가 사라질수록 죽음 역시 조금씩 희미해졌다.

흡수되는 동안 소년은 상대의 세포 하나하나를 느낄 수 있었다. 그것은 살아 있었다. 숨을 쉬고 잘게 진동하고 있었다. 소멸하고, 분열하고, 늘어나고 있었다. 세포질 속에는 엽록체가, 글루타티온이 있었다. 바깥쪽의 세포 표면은 사람의 것보다 단단하고 딱딱했다.

소년은 그들이 마치 딱 들어맞는 조각을 반기듯, 자신의 뇌와 신경계 세포들을 품어주는 것을 느낄 수 있었다. 수많은 것들이 속살거리는 소리가 들렸다. 인간의 언어가 아니었지만, 소년 역시 더 이상 인간의 형체가 아니었다. 소년은 손을 뻗는 자신의 모습을 상상했다. 소년은 상상을 통해 숨을 들이쉬고 내쉬는 생명에 닿으려고 했다. 손끝에 얇은 떨림이 느껴졌다. 소년은 생각했다.

안녕.

사방에서 물방울이 터지듯 속살거림이 들렸다. 소년의 인사
가 메아리처럼 돌아왔다. 안녕, 안녕, 안녕. 소년은 그것이 나름
대로 대답을 하고 있음을 깨달았다. 소년은 주위에서 느껴지는
무수한 숨소리에 자신의 것을 겹쳤고 몸이 꿈틀거리는 감각을
느꼈다. 찰나의 순간 엉겁이 지나간 것만 같았다.

소년의 머리와 가슴에서 언어로는 명명하기 힘든 갈망이 솟
아났다. 햇빛에 대한, 삶에 대한 갈망이었고, 태어나고 싶은 욕
망이었다. 손끝이 저릿저릿해질 때까지 몸의 세포 하나하나가
그것을 원했다.

몸속에 잠시 고요가 흐르다가 와글거리는 소리가 한 번에 터
져 나왔다. 흐드러지는 웃음소리, 조잘거림, 간지러움과 갈증에
경련하는 소리가 합쳐져 하나의 박동이 되었다. 오직 생명체만
이 낼 수 있는 거센 진동이었다. 그 순간 그것은 소년의 욕망을
이해했다. 그와 같은 바람을 가졌다.

깨어나고 싶다.

진심으로 바란 순간, 강렬한 파열음과 함께 세상이 생겨났다.

살짝 입을 벌리자 차가운 공기가 흘러들어왔다. 숨을 쉬었다.
입으로뿐만 아니라 온몸으로 숨을 들이쉬고 내쉬었다. 양 손가

락 사이에서 바람의 흐름이 느껴졌다. 소년의 신경계와 뇌세포들이 느리게 몸 안에 자리를 잡아갔다. 인간의 신체를 대체할 수 있는 세포들이 소년의 세포를 제자리에 붙들고 그것과 결합했다.

아이는 주변을 둘러보았다. 소년의 세포와 결합하며 손가락 끝에 새로이 피어난 시세포들이 앞을 보기 시작했다. 인간의 죽음이 자그마한 진흙 덩어리를 품에 안은 채 아이의 앞에 있었다. 죽음은 아이를 보고 희미하게 웃었다.

"그래, 그런 거였구나."

그 말이 끝이었다. 이제 세상에 인간은 남아 있지 않았고, 인간의 죽음은 모습이 흐려지며 조용히 소멸을 맞이했다. 죽음이 매개체로 사용하던 유골이 흩어지고 그 위로 흙덩어리가 부스러졌다. 안에는 아무것도 남아 있지 않았다.

남은 것은 더 이상 인공신체도, 소년도 아닌 이제 막 눈을 뜬 작은 어린아이였다. 그는 주위를 둘러보다가 햇빛을 따라 천장을 오르기 시작했다. 헨리에타의 로봇들은 쓸모도, 관심도 없는 그것을 무심하게 지나쳤다. 로봇들은 오로지 파괴된 지하만을 계속해서 수색했다. 그사이 아이는 지상에 도달했고 생전 처음으로 빛과 공기로 허파를 가득 채웠다. 아이는 천천히 주위를 둘러보았다. 그리고 길을 따라 걷기 시작했다.

에필로그

세상은 여느 때와 같이 평화로웠다. 강변의 모래가 사암이 되고 그 사암이 퇴적층이 되듯, 한 소년의 변화도 시간의 흐름에 따라 자연히 세상의 일부가 되었다. 지구의 생물들은 가끔 어른거리는 그림자에서 죽음의 기척을 느낄 수 있었지만 상관하지 않고 살아갔다. 죽음들 역시 필요할 때가 아니면 그들 곁에 나타나지도, 세상에 관여하지도 않았다.

비와 바람, 태풍과 쓰나미 그리고 수많은 동식물은 인간이 남기고 간 것들을 오랜 시간에 걸쳐 지워나갔다. 그중에선 빠르게 사라진 것도 있었고 느리게 사라진 것도 있었다. 인류세의 흔적이 사라져가는 시기, 한때 강원도라고 불렸던 지역의 바닷가 도시 하나가 남아 있었다. 다른 도시들은 지하 거주지를 만드느라 약해진 지반 탓에 대부분 무너졌기에, 이례적인 일이었다.

헨리에타의 탑은 그 도시 한가운데 파수꾼처럼 굳건히 서 있었다. 해가 뜨면 상단부의 거대한 구가 마치 유리로 만든 눈동자처럼 반짝였다. 탑은 한때 연구소 지하에서 일어난 폭발로 손상을 입었지만, 지금은 전보다 더 높고 튼튼하게 보강되어 있었다.

탑에서 한참 떨어진 도시 근처 공터에 바람이 불었다. 비정상적인 바람이었다. 바람이 불 이유가 전혀 없었지만, 바람이 불었다. 공간 자체가 기지개를 켜는 듯했다. 아지랑이가 일고 그림자가 한데 뭉쳐 덩어리를 이루었다. 잠시 후 그림자는 검은 개의 모습이 되었다. 검은 개는 물을 털어내듯 몸을 부르르 털더니 붉은 눈으로 주위를 둘러보았다.

"다 끝난 거구나. 그렇지?"

검은 개의 혼잣말에 답하는 이는 없었다. 개는 조심스럽게 땅에 발을 디뎠다. 마치 발이 지면을 통과하지 않고 닿을 수 있는지 확인이라도 하는 것처럼.

그리고 검은 개는 달리기 시작했다. 곧바로 도시로 향했다. 폐허보다도 더 오래되어 이젠 유적이라고 불러야 할 풍경이 펼쳐졌다. 건물의 잔해만이 뒹구는 공터, 아스팔트가 전부 벗겨진 도로, 부식되어 내용을 알 수 없는 표지판을 지나 검은 개는 헨리에타의 탑 앞에 도착했다. 탑은 여전히 태산처럼 굳건했다. 개는 탐색하듯 탑 주위를 맴돌았다. 그러다 탑의 표면에서 판이 잘 맞물리지 않아 자연히 생긴 틈을 발견하고는 그 속으로 뛰어들었다.

헨리에타는 탑 안에 있었다. 정확하게는 회로가 연결된 모든 곳에. 그는 하단부에 자리한 종자 보관소와 데이터 센터를 관리하고 상단부 배양실의 상태를 확인하며 동시에 모든 로봇 말단을 제어하고 있었다.

검은 개는 그림자가 되어 회로 속으로 들어갔다. 회로는 전류와 진공, 양자얽힘을 이용해서 정보를 처리하고 있었다. 개는 흐름을 따라 올라갔다. 개가 도착한 곳은 탑의 꼭대기였고, 그곳에는 헨리에타가 실물로 보관하고 있는 몇 가지 물건들이 있었다.

헨리에타는 자료를 가지런히 배열해 두었다. 사람이 어려운 문제를 화이트보드에 적어 두고 고심하는 것을 흉내 내기라도 하는 것 같았다. 검은 개는 부서진 진리의 파편을 흘끗 보고 지나쳤다. 한때 소년의 어머니가 가지고 있던 카드와 연구소에 마지막까지 남아 있던 보안로봇의 부품도 거기에 있었다.

검은 개는 헨리에타가 은빛 실로 묶어 허공에 걸어둔 진흙 덩어리에 다가갔다. 한때 어떤 소년의 몸이었던 물건이었다. 검은 개는 코를 씰룩여 냄새를 맡았다.

그 순간 어두운 방의 바닥이 빛나고 센서가 내부를 훑었다.

[거기 누구 있나요?]

헨리에타가 예전에 이 지역에 살던 인간의 언어로 말했다. 검은 개는 대답하지 않았다.

탑을 뒤로하고 개는 도시를 떠났다. 그는 냄새를 쫓아 숲으로 향했다. 인류가 멸망하고 난 뒤 새로이 번성한 젊은 숲이었다. 한창 세를 뻗는 숲의 나무들은 오직 그들만이 이해할 수 있는 방식으로 조잘거리며 자랐다. 그 어떤 생명체보다 강인한 생명력을 가진 곤충들은 땅속과 지표면, 식물의 속과 겉, 하늘과 물을 막론하고 세상의 모든 곳에서 폭발하듯 번식하고 소멸했다. 푸른 잎이 무성한 나무의 수형은 서로의 그림자를 피해 햇빛을 받으며 기묘한 무늬를 하늘에 그렸다.

젊은 숲의 한 귀퉁이에 검은 고양이가 개를 기다리고 있었다. 고양이는 비죽 웃었다.

"돌아온 걸 환영해. 멍멍아."

검은 개는 인상을 구겼다.

"또 너야?"

개의 몸이 굳고 귀가 뻣뻣하게 섰다. 경계의 눈빛이 고양이를 향했다. 하지만 고양이는 지루하다는 듯 고개를 저을 뿐이었다.

"날 싫어하는 척하는 것 좀 그만둘 수 없어? 우리 사이가 좋지 않을 거라고 생각한 건 인간들뿐이었어. 그리고 인간은 죽었지. 인간의 죽음도 죽었어. 네가 이 연극을 계속한다고 해서 달라지는 건 없어."

개는 잠시 고양이를 노려보다가 시무룩하게 귀를 접었다. 긴장된 공기가 순식간에 사라졌다.

소년이 살아 있을 때 검은 개는 그를 위해서 '인간이 아는 개'처럼 행동했다. 그러나 마지막 인간이 사라진 지금, 이런 롤플레잉은 더 이상 의미가 없었다. 검은 개는 힘없이 말했다.

"미안, 아는데 그래도 싫어. 내 일부가 사라져버린 기분이야."

"죽는다는 게 다 그렇지."

고양이는 점잔 빼며 현자처럼 말했다.

검은 개는 냄새를 쫓아 숲으로 들어갔다. 고양이도 그 뒤를 종종걸음으로 따라갔다. 숲은 큰 포식자의 영역이 절묘하게 겹치는 지역이라 서식하는 동물이 그리 많지 않았다. 그러나 검은 개가 도착한 장소엔 어떤 무리가 머문 흔적이 있었다. 개는 땅에 남은 발자국에 코를 대고 냄새를 맡았다.

"많이 변했네. 무슨 일이 있던 건지 알려줄 수 있어?"

"안 될 것 없지."

고양이는 개의 곁에서 걸으며 여태까지 일어난 일에 대해 간단히 말해주었다. 이야기가 끝나자 개는 한숨을 내쉬며 물었다.

"그건 뭐였어? 이야기의 지하에서, 그 애의 어머니가 사용했던 비밀번호 말이야."

고양이가 천천히 꼬리를 흔들며 대답했다.

"뭐였을 것 같아? 그 여자의 심장 속에 있던 사람 이름이었지.

그걸 이해했으니까 소년도 지하로 내려간 것 아니겠어."

개는 알았다는 듯 담담히 고개를 끄덕였다.

둘은 냄새를 따라 숲속 공터에 도착했다. 온갖 생명이 넘치는 숲속에서도 눈에 띄는 한 무리를 발견할 수 있었다. 그들은 보호색으로 숲과 같은 녹황색을 두르고 있었으며, 나뭇가지처럼 갈라진 신체 단말을 가졌다. 햇빛이 잘 드는 자리에서 몸의 엽록체로 광합성을 하면서, 동시에 움직임이 거의 보이지 않을 정도로 느리게 서로의 몸을 얽었다. 그들은 무리를 짓고 있었다. 수십 개체가 서로에게서 일정 수준 이상 떨어지지 않는 게 그 증거였다. 그들의 전체적인 생김새와 오밀조밀한 안면은 멸종한 호모 사피엔스의 모습을 교묘하게 닮아 있었다.

그 생명체들을 바라볼 수 있는 위치에서 둘은 나란히 웅크리고 앉았다. 고양이가 먼저 입을 열었다.

"탑에 갔다 왔지? 헨리에타는 어떻든?"

"여전하던데."

개가 짧게 대답했다. 지난 세월 동안 헨리에타는 별들 사이로 계속 전파를 쏘아 올린 모양이었다. 조금도 변하지 않은 꼭대기 방과 장치들이 그 점을 증명했다. 하지만 지금까지 답이 돌아오지 않았는지, 헨리에타는 이제 전파 신호가 아닌 다른 방식을 강구하는 것 같았다.

검은 개는 아무리 많은 실패를 겪어도 헨리에타가 절망하지 않으리라고 생각했다. 그는 그런 식으로 만들어진 존재가 아니란 것을 검은 개도 알고 있었다. 다만 그가 바라고, 믿는 것이 얼마나 성공할 확률이 희박한 일인지 직시할 수 있는 존재일지는 궁금했다.

"결국 인간의 죽음이 바라던 대로 됐어. 진리는 파괴되었고, 마지막 인간은 순리에 따랐고, 헨리에타는 제 할 일에만 몰두하고 있으니. 어차피 이렇게 될 거, 그렇게 잔인하게 굴 필요는 없었을 텐데."

개가 중얼거렸다. 인간의 죽음은 서권하의 유해에 오래 빙의해 있던 탓인지 근시안적이고 잔인하게 행동하는 면이 있었다. 검은 개는 그것이 조금 슬펐다.

"뭐, 너무 깊게 생각하지 마. 네 탓도 아니잖아."

고양이가 귀를 쫑긋거리며 무심히 말했다.

공터의 생명체들 사이에서 특별한 움직임이 시작되자 개와 고양이는 말을 멈췄다. 몇 개체가 느리게 바위에 돌을 갈아 자그마한 장신구 같은 것을 만들었다. 돌에 낀 이끼가 손상되지 않게 주의하는 듯 섬세한 손놀림이었다.

"그 앤 지하에 나와서도 한동안 도시 근처에 머물렀어."

고양이가 입을 열었다. 개가 고양이를 빤히 바라보았다.

"처음 몇 년은 지하에서 나온 다른 합성생물들이랑 같이 지내더라고. 그러는 동안 그들 중 두 명이 그 애의 몸에 있던 인간의 세포를 옮겨 받았어. 구세계 인간들의 입맞춤은 항체를 주고받아 면역력을 올리려는 행위였잖아? 그들도 비슷한 걸 했고, 항체가 아니라 세포가 옮겨간 거지. 셋은 나중에 같이 떠났고 그 애들은 자가생식하는 법을 알아냈어."

각기 다른 활동에 몰입 중인 생명체들을 턱짓으로 가리키며 고양이는 씩 웃었다.

"셋이 만들었다기엔 꽤 큰 무리지?"

가공한 돌을 목에 건 생명체가 개 쪽으로 얼굴을 돌렸다. 한순간 둘의 눈이 마주친 것만 같았다. 우연에 불과했다. 보통의 생명체는 죽음을 볼 수 없었고 이 생명체의 시각기관은 얼굴이 아니라 손에 있었다. 하지만 검은 개는 흥분한 듯 자리에서 벌떡 일어났다.

"아직 살아 있었구나."

"그래. 하지만 저건 널 못 봐."

고양이의 가늘게 뜬 붉은 눈이 경고하듯 개를 향했다.

"나도 알아!"

"끝까지 들어. 저건 네가 알던 소년과 완전히 다른 존재야. 오염된 땅에서 살아남기 위해서든, 어머니의 바람을 받아들이기 위해서든 그 애는 선택을 했어. 그 변화를 되돌려선 안 돼."

"그저 이야기만 하려는 거야. 안 되면 근처에서 잠깐 지켜보기만 할게."

"그런 거라면 쟤한테 물어봐."

고양이가 턱짓한 곳에 검은 형체가 서 있었다. 그는 공터에 모인 생명체들과 똑같은 모습을 하고 있었지만, 몸의 색은 검고 눈은 붉었으며 용도를 알 수 없는 긴 막대기에 몸을 기대고 있었다. 막대의 끝에는 여태껏 인간의 문명에서 한 번도 나타나지 않은 새로운 모양의 상징이 걸려 있었다. 그것은 공터에 모인 무리 중 몇몇 개체의 몸에 새겨진 문양과 똑같았다.

"새로운 죽음이군."

개가 중얼거렸다.

"새로운 종이 생겼으니, 당연하지. 쟤는 어려서 그런지 예전 녀석처럼 꽉 막힌 구석이 없어."

"너하고 입씨름하느니 쟤랑 말하는 게 낫겠다. 게다가 인간이랑 비슷해 보이기까지 하네."

"뭐, 분명 다른 종이긴 하지만 멍멍이들이 호감을 느낄 만큼의 유사점은 있는 것 같더라."

고양이가 새침한 어투로 말했다. 개의 눈동자가 반짝였다.

개는 꼬리를 요란하게 흔들며 혀를 내밀고, 고양이는 우아하게 바위와 바위 사이를 달려 함께 새로운 죽음에게 다가갔다.

그에게 가까워질수록 개와 고양이의 모습이 새로운 생명체의 시야에 맞추어, 인간은 결코 이해할 수 없는 모습으로 변화했다. 어린 죽음이 둘을 향해 몸을 돌렸다.

그와 동시에, 납작한 유리 조각으로 장신구를 만들고 있던 어린 개체가 고개를 들었다. 숲의 그림자가 녹색으로 빛나는 얼굴에 드리웠다. 그의 손에 들린 장신구에는 죽음의 막대에 걸린 문양이 새겨져 있었다.

　그렇게 숲에는 개가 있고, 고양이가 있고, 죽음이 있으며, 어린 생명 또한 있었다.

작가가 집필을 끝마치면 그 글은 세상의 것이며 해석에 작가가 개입해서는 안 된다고 굳게 믿었던 때가 있었다. 학부 1학년 때였다. 첫 문학수업을 아주 감명 깊게 들었다. 지금은 그때만큼 '저자의 죽음'을 믿진 않지만 그래도 작가의 말을 쓰기 망설여진다. 작가가 소설에 대해 외적으로 해설하는 것에 대한 거부감이 아직 남아있기 때문일 것이다.

그래도 한번 이야기를 해보자면, 『테라리움』은 '포스트 아포칼립스' 장르의 클리셰적 이미지를 생각하다 떠오른 아이디어에서 시작했다. 그 이미지란 식물로 뒤덮인 도시의 모습이다. 처음에 소설은 인류가 멸망한 뒤 홀로 남은 '인간의 죽음(사신)'과 마지막으로 죽은 인간인 여성 과학자에 대한 이야기였다. (이때는 '개의 죽음'이 사신의 친구로 등장했다. 검은 개는 가장 먼저 구상했던 캐릭터 중 하나다.)

스토리는 사신이 과학자를 회상하며 진행되었다. 모든 인간은 죽었고, 따라서 모든 사건은 오직 죽음의 머릿속에서만 일어났다. 그러다 보니 뒤로 갈수록 캐릭터들이 갈피를 잃고 전개는 재미가 없어졌다. 이 버전은 폐기되었다.

막연한 아이디어 상태로 남아 있던 이야기는 독서와 공부, 대학원 졸업, 여행지 카페에 앉아 친구들에게 들은 이런저런 피드백을 통해 다른 형태로 빚어졌다. 바뀐 과정을 일일이 설명할 순 없지만 결국 '벙커에서 나와 어머니를 찾아 떠나는 소년'이라는 스토리가 핵심이 되었다.

『테라리움』을 쓰면서 가장 핵심 주제로 삼았던 것은 '변화'였다. 현재의 '지속 가능한 발전' 담론이나 기후위기, 환경오염, 여성혐오와 인종차별, 그 밖에 여기에 다 적지 못할 모든 위기를 생각하면, 우리가 변화하지 않으면 살아남기 힘들 것이란 두려움이 소설 창작에 영향을 끼쳤다.

소설 속 인류는 끝까지 변화하지 못했기 때문에 멸망했다. 인간의 죽음과 헨리에타는 변화를 받아들이지 못하고 소년과 대립한다. 어머니는 마르잔 덕분에 한 번의 변화를 경험한 캐릭터이고 어머니의 도움으로 소년 역시 변할 수 있었다.

이 이상 소설에 대해 말할 필요는 없을 것 같다. 하고 싶은 말은 이미 소설의 텍스트 속에 담겨 있다. 그저 읽는 이들이 충분히 이해할 수 있게 표현했길 바란다.

글이 책으로 나올 수 있게 도와주신 교보문고의 문주영 피디

님, 김정은 편집자님, 김보성 편집자님, 박인성 선생님 그리고 항상 곁에 있어준 가족과 친구들에게 감사의 말을 전하고 싶다. 원고노동자들이 '그들이 아니었다면 이 책이 나오지 못했을 것이다'라고 말하던 것이 결코 빈말이 아니었음을 느끼고 있다. 『테라리움』을 읽어주신 모든 분들에게도 감사드린다. 문학은 독자가 읽을 때 비로소 완성된다는 말을 아직 믿고 있다.

좋은 하루 보내시길.

2023년 7월
이아람

테라리움

초판 1쇄 발행 2023년 7월 28일

지은이 이아람
펴낸이 안병현
본부장 이승은 총괄 박동옥 편집장 박윤희
책임편집 김보성 김정은 디자인 박지은
마케팅 신대섭 배태욱 김수연 제작 조화연
2차저작권 문의 문주영

펴낸곳 주식회사 교보문고
등록 제406-2008-000090호.(2008년 12월 5일)
주소 경기도 파주시 문발로 249
전화 대표전화 1544-1900 주문 02)3156-3665 팩스 0502)987-5725

ISBN 979-11-7601-017-5 (03810)